動物哲学物語

確かなリスの不確かさ

ドリアン助川

集英社
インターナショナル

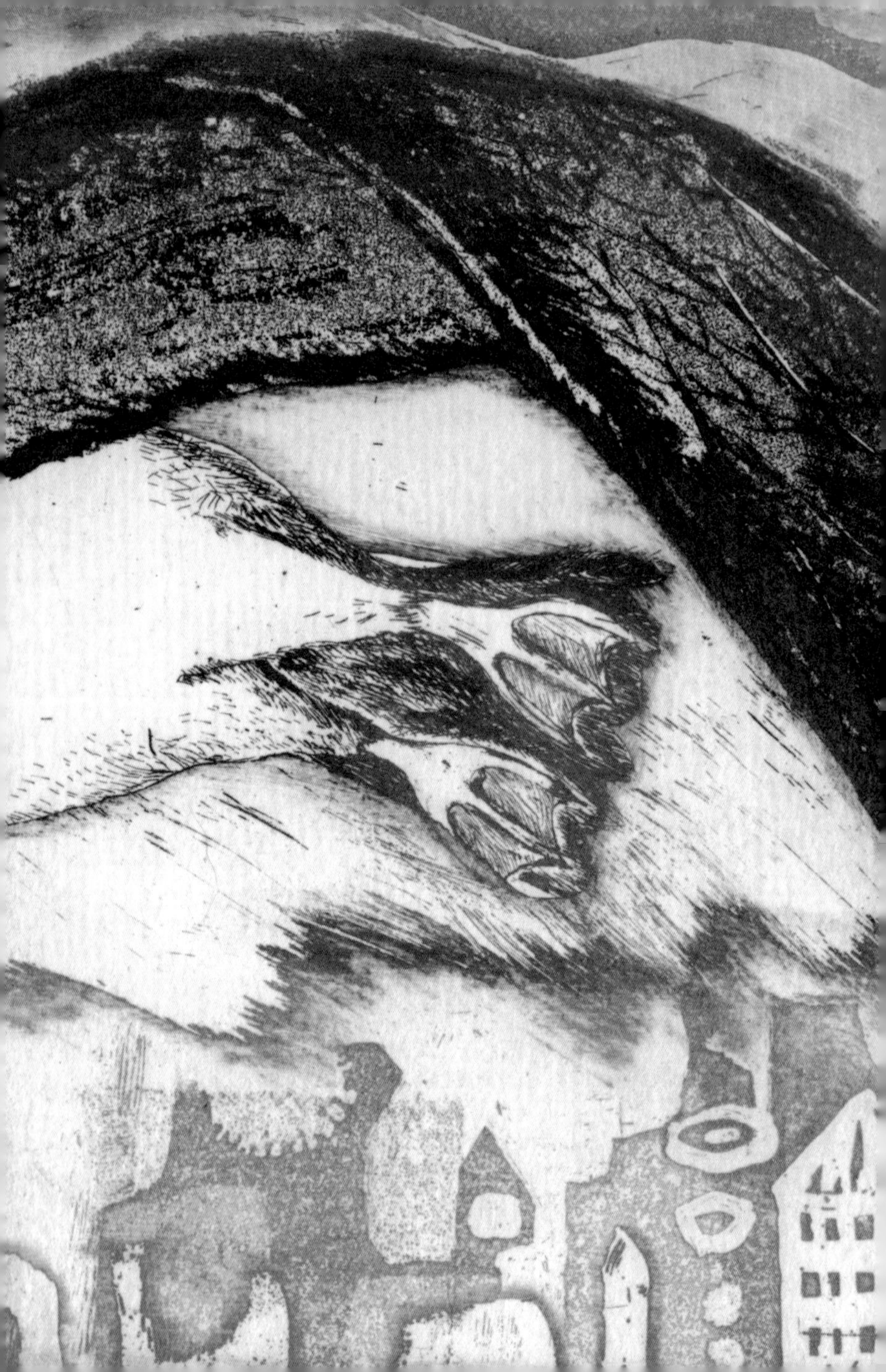

目次

版画　溝上幾久子（みぞかみ・いくこ）

銅版画家。2022年に朝日新聞で連載された多和田葉子の小説『白鶴亮翅』の挿画・装画、2023年にドリアン助川著『寂しさから290円儲ける方法』の装画を担当。著作に絵本『オオカミ県』（文・多和田葉子／画・溝上幾久子）がある。

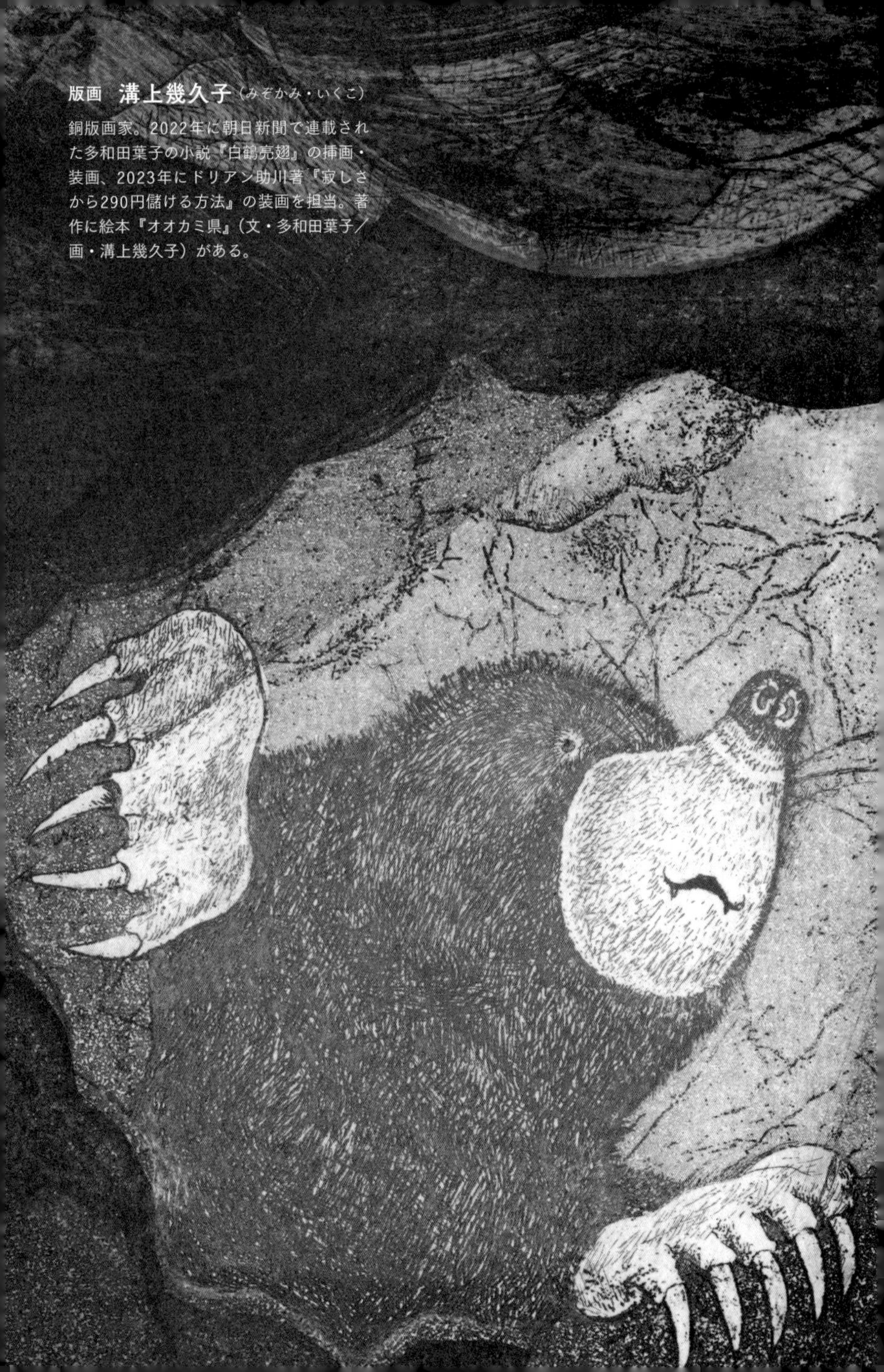

第1話

クマ少年と眼差し

ツキノワグマ

広くアジア諸地域に分布。日本国内では、本州と四国の33都府県に、のべ2万頭前後が棲息しているとされる。ブナやミズナラなどの照葉樹林に棲み、ドングリの実や若葉など植物を主食とする。オスの頭胴長は130センチ、体重は80キロほど。メスはやや小型で50キロほど。冬眠中に平均で2頭の子を産む。里山や森林で人間が襲われる事故も増えている。2020年度のクマ類の国内捕殺数、6085頭。

クマは、はっきりとものが見えない。意外にもぼんやりとした世界に棲《す》んでいるのだと主張する学者たちがいます。一方で、なに言ってやがんで、クマは目がいいに決まっててんじゃねえかと譲らない人たちもいます。こういう人たちはきっと、森のなかでクマと出くわしたことがあるのです。

みなさん、想像してみてください。

木の葉が赤や黄に染まりだした頃、シチューの具に手頃ないい香りのキノコを求めて山道を歩いていると、近くの暗い茂みからいきなりクマが飛び出してくるのです。

びっくま仰天ですね。

クマももちろん驚いていますから、その目はまん丸に見開かれています。お互いにワアッと声をあげつつ、にらみ合ったり、見つめ合ったり。

するとたいていの人は、黒水晶（モリオン）の玉のようなクマの目に、山のすべてが映っていることに気づくのです。

それは、山が山であるための、山の精気《せいき》をも含めたすべての山の姿です。その山を、自分もまた山の一部となって歩いているわけですから、クマと向かい合った人は心のなかまで見透かされたような気持ちになります。でも、だからといって、クマに背中を見せて逃げてはいけません。

クマは、視界を横切ったり、前方を駆けるものを見つけたりすると、無性に飛びかかりたくなるのです。それが人間であれ、ネコジャラシであれ、動くものを見れば目から吸いこまれるように飛びこんでしまうのです。クマの巨体や獰猛《どうもう》さは、ただ目の勢いについていくだけなのです。だから、クマと出会ってしまったら、向かい合ったままゆっくり後ろにさがっていくか、木陰にでも隠れてじっとしているのが一番なのです。

クマは目がいいのか、わるいのか。

本当のところはだれにもわかりません。クマはまだ一度も視力の検査をしたことがないのですから。どこかの勇敢な目医者さんが、視力検査表の前に立って片目におたまを当てているクマに、「次のひらがなは読めますか?」と聞いてみない限りわからないのです。

さて、ここに一頭のクマの少年がいます。二度目の冬眠から目覚めてしばらくたったツキノワグマの少年です。もう胸には立派な三日月のマークが浮きあがっています。ただ、名前はないので、「クマ少年」と呼ぶことにしますね。

ついこの間まで、クマ少年はお母さんといっしょに、ミズナラの森の暗い穴のなかにいました。巨木が倒れたことで、根が浮きあがってできた穴です。そのなかにさえいれば、降り積もる雪も、氷を飛ばしてくるギンギラ凍《い》てついた風も避けることができました。お母さんの柔らかなお腹《なか》に頭をのせてうつらうつらしているのは実に気持ちのいいものでした。

でも今、クマ少年は一クマぼっちでした。竹林に入り、お母さんとタケノコを食べていたら、いきなり大きなオスのクマが現れ、クマ少年を殴りつけたのです。クマ少年は転がりました。打たれたところが痛くて泣きました。お母さんに駆け寄りました。オスのクマを追い払ってくれるものだと思ったからです。しかしお母さんは、自分ではなく、オスのクマに寄り添いました。そして、「Adieu（さよなら）」とクマ少年に目で告げたのです。見知らぬオスのクマと並んで竹林を出ていくお母さんの後ろ姿を見ながら、クマ少年は信じられない気持ちでいっぱいになりました。

これが、クマの「子別れ」です。お母さんは新たな繁殖期に入るため、二度の冬眠をともにした子どもと訣別《けつべつ》するのです。自然の掟とはこういうものです。クマ少年はこれから自分の力で生きていかなければならないのです。


クマ少年は、淡い緑色の光に包まれていました。頭上は一面のブナの若葉です。太陽の光が、ブナのすべての若葉に乗っかって、踊ったり跳ねたりしていました。葉っぱという葉っぱが輝き、こぼれ落ちた光たちが、あたりを生まれたての葉のような色に染めていたのです。

ブナの森を抜けていく風は暖かでした。若葉の香りそのものでした。おいしそうなセリ科の植物の匂いも混じります。きっとお腹がいっぱいになるまで食べられるほどのシシウドの群生がそばにあるのでしょう。お母さんと別れてからずっとお腹を減らしていたクマ少年です。本来なら、銀色のよだれがあふれてもおかしくないほどの風の香りなのです。

でも、クマ少年は、ブナの大木の隆起した根の部分に背を預け、空をじっと見つめていました。

クマ少年の心を最初に捉えたのは、ブナの葉の上の、もっともっとずっと高いところから聞こえてきた、ゴーッという音でした。なんだろうとクマ少年が見上げると、ブナの枝や葉を越して見える青空が、まっすぐに伸びていく一本の白い線によって二つに切られつつあったのです。

大変なことが起きている、とクマ少年は思いました。動くものは目が勝手に追ってしまいますから、その白い線の先端に飛びつきたくてしかたない気分になりました。

いったいあれはなんだ？

あんなに高いところをまっすぐに進んでいく白い線。

はっ！

クマ少年はそのとき、空の青い幕が一枚取れて落ちてきたのではないかと思うほど驚いたのです。胃も心臓もびくんと動きました。瞬間的に、こう気づいたからです。

ぼくは、ぐんぐん伸びていくあの白い線を見ている。

見ている。そう、見ている。

そしてぼくはきっと、見られている。

あの白い線はきっと、ぼくを見下ろしている！

クマ少年の心に突然湧いたこの気づきは、世界にとっての一大事にもなりました。山の時計が一瞬止まったほどです。なぜなら世界とは、クマ少年の認識のすべてだからです。山の時計の秒針は、木の葉の揺らぎや枝を抜ける風の音です。それらがすべて、一度止まってしまったのです。

クマ少年は、自分が空を見ている目であると同時に、空という目から見られていることで「ここに在《あ》るのだ」と感じました。いえ、それは空に留《とど》まらず、この山を成すすべての風景に隠れた原理なのかもしれません。

見ているものは、見られてもいるのです。ブナの木も、シシウドの葉も、ミズナラの実も、クマ少年に見られながら、クマ少年を見ているのです。

ぼくはずっと見られている。その目から逃れられない。ではいったい、ぼくはだれに追いかけられているのだろう？

いてもたってもいられなくなり、クマ少年は駆けだしました。ミズナラの森の穴のように、だれにも見られない場所を探そうとしたのです。ブナの森を抜け、フキのお化けの帯を越え、クマ少年は走り続けました。一面のササの茂みも転がりながら越えていきました。そこは緩い傾斜地で、でんぐり返りをすればどんどん勢いがついたからです。

しかし、自分を見ている目はずっと追いかけてきました。見られているという感覚は、クマ少年から消えません。

「わっ！」

伐採が進んだ杉林に差しかかったとき、クマ少年は思わず声をあげてしまいました。材木が積まれた斜面の向こうに、初めて見る人間の村があったのです。褐色の農耕地と交わって、色とりどりの家々の屋根がありました。煙突からは紫色の煙が棚引き、舗装された道を鉄の車が走っています。

様々な匂いを含んだ風が人間の村の方から吹いてきました。おいしそうな香りもありますが、吐きたくなるようないやな臭いもします。ただ、それよりもなによりも、クマ少年は村の風景のなかに、強い視線を感じました。空の目とはまた違った眼差《まなざ》しです。

ちょうどその頃、青壁の家の二階から山を見ている少年がいました。こちらはもちろん、人間の少年です。名前はエトといいます。

エトは気持ちの病気にかかってしまい、ここ数年は部屋に閉じこもりがちでした。気持ちのよいときは外でスキップをしたり、学校にも通えるのですが、胸のなかに黒い雲が湧いてきて、雷鳴が轟《とどろ》いたり、体の内側から冷たい雨が降りだすと、ただ一人部屋で耐えるしかなくなるのです。そんなときは、嵐が過ぎ去るのを待つかのように、エトはじっと山を見続けるのです。

今日もエトの心には黒い雲がかかっていました。体の内側でときおり稲妻が走ります。だからエトは風景にしがみつくように山を見ていたのです。すると、「あっ！」と声をあげそうになりました。だれかが僕を見ている。あの山のなかに目があって、僕を見ている。そう感じたからです。

これはエトにとって、世界を変えてしまうほどの大きなできごとでした。エトは部屋に一人でこもっているとき、この世のすべてから切り離されたような感覚に苛《さいな》まれていました。遠い惑星の氷河のかけらにでもなってしまったような気分で、山の風景にしがみついていたのです。それがなんと、山のなかにも目があり、自分を見ていたとは。

晩春の山は、鮮やかな若葉のきらめきに包まれていました。小鳥たちの歓喜の声も聞こえてきます。エトは初めて、山全体の息吹を自身の喜びとして受け止めている自分に気づきました。久しぶりにスキップもしたくなりました。心を覆っていた黒い雲は消えていたのです。

こちらが向こうを見ていて、向こうもこちらを見ている以上、自分と山は不可分の関係だと知ったからです。

エトは喜びのなかで思いました。山の目はどこにあるのだろう。木々の魂のようなものだろうか。それとも、小鳥たちの眼差し？　見られていると感じるのに、目の正体については、まったくわからないのです。

クマ少年はそれから何度も、杉林の斜面までやってきました。人間の村を眺めるためです。自分を見ている目がどこにあるのか知りたいと、毎日強く思っていたのです。

クマ少年は、人間に近づいてはいけないということはなんとなくわかっていました。初めての冬眠があけ、まだ本当に小さなクマの子だった頃、お母さんといっしょに竹林で人間を見かけたのです。そのときのお母さんの怒り方は、クマ少年が目をつぶりたくなるほど激しいものでした。森のミズナラの実がいっせいに爆《は》ぜたかのような表情で、お母さんは吠《ほ》えました。そして、逃げようとする人間を追いかけ、その背中に前脚の一撃をくらわせたのです。人間の着ていたものはびりびりに破れ、血が飛び散りました。お母さんはさらに吠えて、倒れた人間に飛びかかろうとしましたが、クマの子だったクマ少年が悲鳴をあげたことで、動きを止めました。どうしたんだい？　という顔で戻ってきたのです。

クマと人間は相性がわるい。できれば出くわさない方がいい。クマの子だったクマ少年は怒りに駆られたお母さんの行動から、その教訓を得たのです。

しかし今、クマ少年は頭のてっぺんから後ろ脚のつま先まで、人間の村に近づきたいという気持ちでいっぱいのいっぱいになっていました。

自分を見ている目の正体を突き止めれば、自分がいったいナニモノであるのか、その謎さえも解けそうな気がしたからです。

村に入っていくべきかどうか、クマ少年は丸一日悩みました。ねぐらのブナの森には帰らず、杉林の斜面に腹ばいになり、ずっと村を見ていたのです。

すると、夜は村からの視線がなくなることを知りました。自分に向けられていた眼差しが消えてしまうのです。でも、空からの目は見逃してくれませんでした。

太陽が地平に沈めば、星々が司《つかさど》る世界に変わります。やがて、ぼんやり光る雲のような天の川も現れます。目はやはり空のどこかにあり、クマ少年をじっと見下ろすのです。

クマ少年はわけがわからなくなりました。消えてしまう眼差しもあれば、変わらずに自分を見つめる視線もある。それはいったいどういうことなのか？

わけがわからないというのは苦しいことです。考えるクマのポーズをとってじっと動かなかったので、大きな虻《あぶ》にもひっきりなしに刺され、血を吸われました。クマ少年の胸のなかで、ニガダケの汁を煮詰めたような泡がいくつも弾けます。考えることがこんなにつらいなら、目のありかなど探さず、ブナの森で静かに暮らそうと思いました。

しかし、東の空に薔薇《ばら》色の光があふれ、村の家々の屋根がまたきらりきらりと輝きだしたとき、眼差しはふいにまた生まれたのです。クマ少年は、もう我慢ができませんでした。

一気に杉林の斜面を駆け下りました。農道を越え、早起きの人間たちが働いているジャガイモの畑に突っこんだのです。灌木《かんぼく》の茂みも体で押し倒し、村はずれの農耕地を体を揺すって横断しました。

人間たちは悲鳴をあげたり、怒鳴ったり、クマ少年に石を投げつけてきたりしました。鉄の棒を振りかざしてきた者もいます。なにか硬いものがクマ少年の額に当たりました。クマ少年は吠えました。痛いから吠えたのではありません。「ぼくは、目を探しにきただけだ」と訴えたつもりだったのです。

人間たちは、クマ少年が立ちあがったのを見て、いよいよ血相を変えました。みんな大きな声でわめきたてます。石もどんどん投げてきます。そして突然、そのなかの一人の男がクマ少年に背中を見せて走りだしたのです。

ああ、走らないで！

クマ少年は心のなかで叫びました。クマの目は、動くものに吸い寄せられてしまうのです。

そして、体ごと追いかけてしまうのです。

走らないで！　走らないで！

クマ少年は男を追いかけながら、何度も吠えました。アスファルトの道を越え、公園のブランコに体当たりをし、家々の玄関の前も過ぎ、逃げる男を追いました。

ドンッ！

空気が爆発するような音がして、なにかがクマ少年をかすめて飛んでいきました。クマ少年は脚を止めました。びっくりして、音のした方を振り向きました。

ドンッ！

クマ少年の首をなにかが貫きました。血がどっと噴き出します。クマ少年は仰向《あおむ》けに倒れました。胸の三日月がどんどんまっ赤に染まっていきます。

息ができない。苦しい。

霞《かす》んでいくクマ少年の視界のなかに、青壁の家がありました。クマ少年は自分を見ていたあの眼差しがすぐそばにあることに気づきました。青壁の家の二階の窓から、人間の少年が顔を出し、目をまん丸にしてこちらを見ているのです。

君はだれ？

クマ少年はそう問おうとしましたが、もはや声にはなりませんでした。口のなかに血が溜まり、どんどんあふれでていきます。

「エト、近づくんじゃない！」

人間の少年が家から飛び出してきたようでした。倒れたクマ少年に近づこうとして、大人たちに羽交い締めにされているのです。彼は胸が波打つほどの勢いで、「ごめんよ、ごめんよ」と繰り返し叫んでいました。

クマ少年の黒水晶の目に、エトと呼ばれた人間の少年の潤んだ眼差しが映りました。

ぼくを見ていたのは……君だったのかい？

薄らいでいく意識のなかで、クマ少年はエトに問いかけました。彼は必死になってなにかを伝えようとしていましたが、もうクマ少年の耳にはなにも聞こえません。でも、その最後の一瞬に、クマ少年はわかったのです。

空の目は、クマとして息絶えていく自分をまだじっと見つめていました。いいえ、そればかりでなく、その目は人間として生まれた少年をも見つめていました。

クマ少年は空を見上げたまま、動かなくなりました。目もあいたままでした。自分を見ている目を、最後まで見届けようとしたのです。

第2話

キツネのお姉さん

キツネ

ユーラシア大陸など北半球に広く分布するアカギツネの亜種として、北海道にキタキツネ、本州・四国・九州にホンドギツネが棲息する。ホンドギツネは頭胴長50〜70センチ、尾長25〜40センチほどで、キタキツネより幾分小さい。巣穴は主として子育てのために使い、前年生まれのメスがヘルパーとして手伝う。オスは子が生まれると去る母系社会であり、尾の付け根の臭腺によりマーキングし、家族単位で縄張りを築く。

キツネにつままれる、という言葉があります。

おうちにエアコンも扇風機もなかった頃は、蒸し暑い夜になると窓だの扉だのをあけ放し、家族みんなで川の字になって寝たものです。するとたまに、台所の油揚げを狙ってキツネが忍びこんできます。人間が本当にぐっすり寝ているのかどうかを確かめようとして、キツネはお父さんやお母さんの耳たぶをそっとつまみ……。

いいえ、さすがにそんなことはありません。キツネはイヌ科の動物ですから、肉球のついたお手々です。走るのは得意でも、人間のように握ったりつまんだりはできないのです。

キツネにつままれるとは、みなさんご存知の通り、キツネに化かされるという意味ですね。買ったはずの油揚げがバッグに入っていない。あら、どうしたのかしら。代わりに、買った記憶のない亀の子タワシが三十個も入っているわ。こうした意味不明な事態が生じたときに、キツネにつままれたみたいだと言うのです。

日本では古くから、キツネのみならずタヌキに化かされるという言い方もします。どの地方にも、キツネやタヌキが人をだます、いたずらをして驚かすといった民話や言い伝えがあるのです。

では、キツネやタヌキは本当に人をだますのでしょうか。

おそらく、キツネやタヌキに化かされるという話は、この二種の動物が主に夜活動すること関係があるのでしょう。だまされる側として旅人が多く登場するのも、その言い伝えの謎に迫るヒントのように思われます。

手元に提灯《ちょうちん》しかなかった時代の夜の道行きを想像してみてください。旅人は大変不安だったはずです。知っている道でさえ、迷うことはあったでしょう。ましてや、気を大きくしようとお酒など飲んでしまえば、お地蔵さんを相手に踊ったり、堂々巡りで元の地点に戻ってしまったりといったことがあったかもしれません。そこへいきなり、キツネが顔を出そうものなら、酔っぱらった旅人は腰を抜かします。「ああ、つままれた！」となるのです。

化かす、化かされるという言い伝えがふんだんにある。これは、キツネやタヌキが人間のそばで暮らしていたということを物語っています。キツネは肉食動物ですが、お腹がすけばゴミ箱だって漁《あさ》ります。人間の生活圏にときどき顔を出すくらいがちょうどいい塩梅《あんばい》の暮らしだったのです。

ただ、人間にしてみれば、闇から突然現れるキツネはやはり妖しげです。出会ってしまったという以上に、以前から見られていたような気配を感じるのです。

ここに一匹のキツネのお姉さんがいます。

お姉さんは、春になり花をつけたタガラシの群生に身を低くして隠れています。キツネは夜行性の動物ですが、お肉にありつけるなら朝も昼も活動します。彼女はこれから、繁殖期のカモの第一陣として生まれてきたヒナたちを狩ろうとしているところなのです。

カモの巣は、水際そのものではなく、中州の茂みや、水辺からすこし離れた草地に作られます。増水時に流されるのを防ぐために、そうした場所を選ぶのでしょうか。親鳥は餌場や泳ぎを教えるために、綿《わた》の玉に脚が生えたようなヒナたちを巣から川まで歩かせます。キツネにとってはまさにここが狩りのチャンス。列をなしてよちよち歩くヒナたちに飛びかかれば、カモの家族はパニックに陥ります。親鳥から離れて逃げ惑うヒナほど魅惑的なものはありません。

さあ、今だ！

ヒナたちが目の前を縦列行進で横切ろうとしました。キツネのお姉さんは背を丸めて跳びあがり、一羽のヒナの首に咬《か》みつきました。驚いて動けなくなっている別のヒナにも襲いかかります。まるで、突然巻きあがった褐色のつむじ風です。お姉さんは次々とヒナに咬みつき、あたりに放り投げます。カモのお母さんがキツネのお姉さんに体当たりしたときには、すでに八羽のヒナが首の骨を砕かれ、震える綿の玉となって川原に転がっていました。

カモのお母さんは子どもたちを諦めるしかありません。生き残った二羽のヒナを連れ、命からがら川に飛びこみました。キツネのお姉さんは、タガラシの黄色い花びらにまみれて転がっているヒナたちを、一羽ずつ草むらまで運びます。ヒナの首には赤い血がにじんでいます。

キツネのお姉さんは、その赤い色に見とれました。世界が静止画になり、頭のなかがほんのり甘くなりました。なんて素敵な色なのだろうと思ったのです。柔らかなお肉がこんなにもたくさん手に入ったのです。今夜は宴《うたげ》です。

そうです、ディナーです。都会の一人焼き肉みたいな寂しげな個食ではありません。お姉さんはごちそうを一匹で食べるわけではないのです。むしろ、自分はあまり口にしないかもしれません。お姉さんは、弟や妹たちに食べさせるために狩りをしたのですから。

お姉さんが巣穴で生まれたのは、一年とすこし前でした。お兄さんのキツネはもうずいぶんと前に巣立ちましたが、彼女だけは今でも母親のそばを離れず、この春に生まれた幼い弟妹たちの面倒を見ているのです。

若いメスのキツネには、母親の子育てを手伝う特殊な生態があります。学者たちは、他者のために働くメスのキツネを「ヘルパー」と呼びます。

お姉さんは、狩ったカモのヒナを次々と巣穴のそばに運びました。巣穴は、川岸からすこし離れた土手の茂みのなかにあります。もとはアナグマの巣だったトンネルです。そこをお姉さんのおじいさんやおばあさん、今はどこにいるのかわからないお父さんのキツネなどが掘り進め、複雑に入り組んだおうちを作りあげたのです。野犬やハクビシンが入りこんできたときに、子どもたちの逃げ道を確保するためにも、おうちは迷路のようになっている方がいいのです。

「さあ、ごはんですよ」

お姉さんのコンッという一啼《な》きで、巣穴から母親と幼い弟妹たちが這《は》い出てきました。

春の陽《ひ》は西に傾いていています。ヤブヤナギが芽吹いて、何十本もの淡緑色のやぐらを立てています。草木の間からこぼれ落ちる春の夕陽の下、キツネの子どもたちがカモのヒナに食《く》いつきました。羽毛の綿が多すぎて、みんな食べにくそうです。でも、噛《か》めばお肉の味がするので、口の端に綿をたくさんくっつけて、夢中でしゃぶりつくのです。

お母さんもお姉さんも、この晩餐《ばんさん》には手をつけませんでした。ただ黙って、幼い弟妹たちが食事をするところを眺めていただけです。お姉さんはそれだけで、ハッカ糖を湯で割ったような、ほんのり甘い穏やかな気分に浸《ひた》れました。

それは人間様に言わせると、「ああ、幸せ」という感覚かもしれません。あるいはもうすこし難しい言葉で、「生の充実」というものでしょうか。お姉さんはなによりもまず、弟妹たちに食べさせたいのです。自分一匹で食べても、面白くもなんともないのです。たとえ空腹であろうと、満腹になった弟妹たちがプロレスごっこをして転がり回っている光景を見ると、それだけで笑みがこぼれてくるのです。

ですから、一匹だけ引っこみ思案な弟がいることは、キツネのお姉さんにとって悩みの種でした。お姉さんが「黒点」として認識している弟です。

毛が生えてきたとき、このやせっぽちの弟の額に小さな黒い点が浮かびあがってきたのです。珍しく、そこに毛の模様ができた子でした。だから、黒点になったのです。

黒点は、生まれつき体も小さかったのです。お母さんのおっぱいを飲むのもやっとで、他の兄弟たちから足蹴《あしげ》にされていました。お肉を食べるようになってからは、もうまったく競争に勝てません。兄弟たちの輪に加わることができず、いつもだれかが吐き出した骨にかじりついているのです。

「この子は生き残れないね」

あばらの浮き出た黒点を見ながら、お母さんのキツネがコンと啼くことがありました。そんなとき、お姉さんは孤立してしまった黒点の前に、ヒナやネズミのお肉を鼻先で押してやりました。

キツネの子どもたちは、巣穴の奥でお母さんといっしょに眠ります。黒点はそこでもはじかれていました。黒点がお母さんに近づくと、兄弟たちが咬みつくのです。

お姉さんは、お母さんの代わりに黒点をお腹に抱いて眠りました。黒点はお姉さんの柔らかな毛に顔をうずめ、かすかな声で啼きました。それはキツネの言葉にも満たない、命のあぶくのようなシグナルでした。でもお姉さんには、「ねえちゃん」と言ってもらえているように聞こえました。お姉さんはそのたびに、コンと啼いて答えました。このコンにも、意味はありません。命が命に反応しただけなのです。二つの命がそこで響き合い、「間柄」が生まれたのです。まだ子どものいないお姉さんにとっては、ほんのり甘いひとときです。

春だというのに山から冷たい風が吹きつけてきた夕暮れ、お姉さんのお腹の横で、黒点は虫の息になっていました。食べていないのだからしかたありません。このままでは黒点がもたないであろうことは、お姉さんにもよくわかりました。

お姉さんはこの日もカモのヒナを狩りに行ったのです。しかし、季節はずれの寒波のせいでしょうか、いくらタガラシの茂みに隠れていても、ヒナたちが行進する気配はありませんでした。カモたちだけではなく、川原一帯から鳥たちの声が聞こえなくなってしまったのです。冷たい風にさらされ、草花も凍《こご》えて萎《な》えていました。

今夜食べさせなければ、黒点の命が消える。

お姉さんは黒点をお腹に抱きながら、いても立ってもいられなくなりました。自分が食べなくても、黒点に食べさせたいのです。それがヘルパーと呼ばれるキツネのメスの心なのです。自己は自己で完結せず、他者とつながる「間柄」のなかで息をしているのです。

お姉さんは、ニワトリを襲うことにしました。

河川敷をしばらく進んでから土手を越えると、人間のこしらえた養鶏場があります。そこは自分たちのなわばりではないし、危ないから近づいてはいけないとお母さんからさんざ注意を受けていた場所です。

でも、黒点の命のためにどうしてもお肉が必要なのです。この風の冷たさでは雪が降りだすかもしれませんが、意を決して、お姉さんは巣穴を出ました。

まっ暗な空で風が暴れ、うなっています。お姉さんは河川敷を走り、一気に土手を駆けのぼりました。

目当ての養鶏場がありました。ニワトリたちの匂いが鼻をつきます。ぽつんと灯《あか》りがあり、トタン屋根の小屋が青白い光を反射していました。ニワトリたちは寝入っているのか、風のうなる音以外はなにも聞こえません。人間の姿もまったく見えません。

いったいどうすればあの小屋に忍びこめるのか。まずは、金網のどこかに穴があいていないか調べてみよう。キツネのお姉さんは養鶏場全体を眺め、草むらを這うようにして近づいていきました。

そのときです。ガシッと金属が跳ねるような音がして、お姉さんは左の後ろ脚に強烈な痛みを覚えました。

逃げなければいけない。お姉さんは本能的に走りだそうとしました。しかし、体がいきなり重くなりました。ジャラジャラと鎖を引きずる音がします。後ろ脚がなにかに挟まったようで、前に進むことができません。

トラバサミでした。

ニワトリたちをキツネやアナグマから守るため、人間が仕かけたワナでした。ギザギザの歯がついた二枚の鉄の半円がお姉さんの脚を挟んでいるのです。

なんとか逃れようと、お姉さんは他の三本の脚に力を入れて踏ん張りました。でも、どうにもなりません。トラバサミに挟まれている脚から激痛がやってきます。お姉さんは思わず、ココンッと叫んでしまいました。すると小屋のなかで、ニワトリたちが目を覚ましました。オンドリたちが警戒の声を発します。その声は燃えあがる炎のように大きくなっていきます。これはまずいことになったと、お姉さんは全身の毛が逆立つほどに恐怖を覚えました。人間がやってきたらおしまいです。なにもかもが終わってしまいます。

お姉さんは何度も何度もトラバサミから逃れようとしました。勢いをつけて走り、脚を抜こうとしました。しかし、食いこんだ鉄の歯は緩みそうにありません。がんばるたびに痛みはひどくなっていきます。焼け火箸でも刺したかのような痛みが、脚に留まらず、脳天まで突きあげてくるのです。

果てのない激痛のなかにあって、お姉さんは黒点を思いました。こんなことになるなら、あのまま黒点を抱き続けていれば良かったと思いました。お姉さんは、自分の体温でくるんで黒点を逝《い》かせてやりたかったのです。こんなふうに離ればなれになり、黒点との「間柄」が壊れてしまえば、お姉さんはお姉さんでなくなってしまうのです。それは、自我の崩壊より恐ろしいことでした。

お姉さんは気を失いそうになりながら、脚を引っ張り続けました。黒点の「ねえちゃん」という声を思い出しながら、なんとか脚を抜こうとしました。

いつの間にか、雪が降り始めていました。暗い空から雪はどんどん落ちてきます。にじんだようなぼんやりとした灯りのなかで、養鶏場の風景が変わっていきます。地面や草むらがうっすらと白くなってきました。一度は幕があいたはずの暖かな季節はどこかに霧散《むさん》してしまい、凍てつく冬が戻ってきたのです。

お姉さんの脚がトラバサミからずるりと抜けたのは、養鶏場のどこもかしこもがまっ白な雪に覆われてからでした。お姉さんはあまりの痛みに悲鳴をあげ、あごから雪に突っこみました。どうやらお姉さんは、トラバサミに挟まれていた後ろ脚の先の部分を失ったようなのでした。骨はとうに砕けていたので、あとは力任せの脱出でした。お姉さんは自分の脚を、自分で引きちぎったのです。

降り積もる雪のなかを、お姉さんは歩きだしました。走ることも、跳びあがることも、もうできません。使える三本の脚でよたよたと歩くだけです。

お姉さんは土手まで戻ってきました。背後でオンドリたちが夜明けの叫び声をあげています。ほのかに明るくなってきた空から、雪は引き続き落ちてきます。お姉さんは土手を下り、一面の雪野原となった河川敷を歩きました。そして、巣穴のそばまで来たところで、雪に覆われた小さな亡骸《なきがら》を見つけたのです。

雪に隠されて、額の小さな黒い点は見えませんでした。でも、木の葉のように薄っぺらくなってしまったその体は間違いなく黒点でした。お姉さんは雪のなかで口をあけ、立ち尽くしました。どうしてここに黒点がいるのだろうと考えました。息が絶えた黒点を見つけた母親が、巣穴の外に放り出したのだろうか。それとも、黒点は自分を追いかけて巣穴から出てきてしまったのだろうか。

お姉さんは黒点のそばでうずくまり、亡骸をお腹にくるみました。真っ白な雪の上に、赤い血のあとが点々と続いています。お姉さんは初めて、自分の血を見たのです。カモのヒナの血と同じ色でした。

遠のいていく意識のなかで、お姉さんは思いました。

ああ、黒点よ。わたしはお前とだけつながっていたのではなかったのだね。今、雪が覆っているこの河川敷とも。あのヒナたちとさえ……。

お姉さんはそこで目を閉じました。小さな黒点をくるんだまま、徐々に雪に埋もれていきました。

これで、キツネのお姉さんのお話は終わりです。

キツネは大昔から人をだますと言われてきましたが、ひょっとしたら、闇のなかで迷っている旅人に、正しい道を教えてあげたかっただけなのかもしれません。キツネのメスは「ヘルパー」なのです。困っている命を見ると、放っておけなくなるのです。

第3話

確かなリスの不確かさ

タイワンリス

アジア全域に棲息するクリハラリスの一種。日本では戦前から観光資源として、また愛玩動物として、台湾から輸入された。頭胴長は20センチ程度。尻尾もほぼ同じ長さになる。昼に活動し、冬眠はしない。植物の花や種子、果実、昆虫、鳥の卵などを食べる他、樹皮を剥（は）いで樹液を吸うことから、野生化したタイワンリスによる農作物への深刻な被害が相次いでいる。2005年より特定外来生物として害獣指定されている。

木々が芽吹き、生まれたての萌葱《もえぎ》色になった雑木林を暖かな風が巡る春の日のことでした。リスのQ青年は、若葉で彩られたクヌギの木の幹を駆けあがり、動きを止めました。恋するリスに逢《あ》いに行こうとしていたのですが、近くの茂みがふいに揺れたので、人間か犬が近づいてきたのかもしれないと警戒したのです。

Q青年は身を硬くしました。羽根突きの玉にするムクロジの黒い種のような目で、じっと下を見つめます。そこには、過ぎし季節に降り積もった落ち葉と、たくさんのどんぐりがありました。ここにも春の訪れはあり、土に戻る途中の落ち葉をひっくり返し、方々で緑の芽が伸びています。

茂みがまた揺れました。Q青年のふさふさとした尻尾の毛も細やかな花のようにそよぎました。風が歌いながら、近くを通り過ぎていきます。

「♪あらゆる事象は繰り返すよ〜。アオバトの卵が孵《かえ》るまでに〜。♪すべて思い出も生まれ変わる〜。イガの下で甘い実り〜。♪それは確かなこと……」

茂みが揺れたのは、風のせいだったのかもしれません。歌っていた風が立ち去ってしまうと、代わりにミソサザイが澄んだ声で独唱を始めました。人間や犬の気配はどこにも感じられず、霞のかかった青空がぼんやり輝いています。

もし、なにか危ないものが近づいているのだとしたら、周囲のリスたちの声が聞こえるはずでした。地を這う怪しいものが迫ってくると、リスはクワンクワンと鳴いて、仲間たちに注意を促します。オオタカのような恐ろしい猛禽《もうきん》類が空に現れると、カツカツカッとあごを鳴らします。今はだれも危険を伝えてこないのですから、安心して恋するリスに逢いに行けばいいのです。

それでもリスのQ青年は、緑の芽とどんぐりが点在する地面をじっと見つめていました。頭のなかの扉が一つ開いてしまったのです。つまり、リスのQ青年は、春の芽吹きが始まった雑木林のなかで、なにかを考え始めたのです。

いったいなにを？

その前に、Q青年についてすこし説明をさせてください。

まずQ青年は、この物語のなかで、自分がアルファベット一文字で呼ばれていることを知りません。あらゆる野生のリスには、名前などついていないのです。この世に確かに生まれ、はっきりとそこにいて、明確に息もしているし、新芽や果実も口いっぱいに頬張《ほおば》るのに、名前はないのです。

名前がない。それは他者から見て、その命が個別化されていないことを表しています。日本がまだ大陸とつながっていた頃にこの広葉樹の林にいたリスも、今じっと地面を見つめているQ青年も、名前がなければ、単に同じリスとして捉えるしかないのです。

しかしそれでは物語を進めにくくなります。なぜならすべての物語は、個の命、個の思考、個の感情に根ざして紡がれるからです。検閲などによって個であることが恣意的に否定されるときは、物語も同時に消滅します。名前と物語は、「確かにここに在るという生き方をする」ための、欠くべからざる要素でもあるのです。

ですから、クヌギの木の上でじっと動かなくなり沈思黙考に入ってしまったこのリスには愛称程度でもいいですから名前をつけてあげたいのです。そこで、Q青年です。本人というか、本リスが知らなくても、Q青年なのです。

では、なぜQなのか？　それは、彼がタイワンリスだからです。私は本当は、邱《きゅう》青年と書きたかったのです。ただ、邱と書いてしまうと、よく知っている邱さんの顔がどうしても浮かんでしまい、リスのようでリスではない妙なリスになってしまうので、Qとしたのです。

私が知っている邱さんは、大都会の片隅で暮らす中華料理店のご主人です。よい油を摂っているのか、邱さんの薄毛の頭はいつもテラテラと光っています。皮をむいた直後の玉ねぎのように混じりっけのない輝きです。邱さんは、私がお店に入ると笑顔で近づいてきて、決まり文句のように「まず、生ビールと？」と言います。「はい、生ビールと……」とこちらも同じ言葉を繰り返すのですが、そのあとこちらがすこしでも迷おうものなら、「空芯菜《クウシンサイ》炒め、おいしいよ。今日は空芯菜にするね」と勝手に決めてしまいます。邱さんはだれに対してもこんなふうです。でも、お客さんみんなから愛されているので、文句が出たことはありません。おそらく。

今、日本では特定外来生物に指定され、駆除の対象となってしまったタイワンリスも、もともとは愛すべき動物として台湾から運び入れられた命たちなのです。戦前に、伊豆大島の動物園から逃げ出したリスたちが野生化の始まりだと言われています。その後、本土の各地で繁殖したようですが、どのリスだって「確かに生きている命」なのです。命ですから、個と個の間に愛情は芽生えます。そうすれば子どもたちも生まれます。繁殖するのは自然なことなのです。

もちろん、リスに農作物を荒らされたみなさんは、許しがたい気持ちになるでしょう。タイワンリスより体が小さいニホンリスが駆逐されてしまう可能性があることも大きな問題です。しかし、それぞれのリスにとって、この世に生まれたことは確かなできごとであり、一匹ずつのリスがムクロジの種のような目で森や空や雲を捉え、すべての中心としてこの世を認識していることも明確な、替えのきかない事実なのです。

さて、じっと動かずに雑木林の地面を見つめていたリスのQ青年です。彼の頭のなかで、いったいなにが起きたのでしょう？

それは、落ちたままのたくさんのどんぐりと、発芽したどんぐりとの不思議な関係についての発見でした。

Q青年はまず、自分がしがみついているクヌギの木を中心にして、どんぐりが放射状に散らばっていることに気づきました。真上から見たクヌギの幹をx軸とy軸が交差する原点とするなら、どんぐりはxの二乗＋yの二乗＝r（円の半径）の二乗という、正円の位置関係のなかにだいたいきちんと転がり落ちていたのです。

Q青年が面白いと思ったのは、一つ一つのどんぐりが落ちていく場所の不確かさと、総体としての円の確かさです。どのどんぐりも、落ちていくときはどこに着地するのかわからなかったはずです。風に煽《あお》られたり、幹にぶつかったり、変な弾み方をしたりして、みんな運命を予測できずにヨヨッと転がり落ちたのです。ただ、どんぐりたちはその不確かさを必然として内包しながらも、全体としては円のなかに着地しました。これもまた、必然の確かさなのです。

さらにそこでQ青年が気づいたのが、落ちたまま乾いてしまったどんぐりと、発芽をしたどんぐりの違いでした。Q青年の記憶に間違いがなければ、芽を出しているのは心あたりがある地点のどんぐりばかりだったのです。

タイワンリスやニホンリスは冬眠をしません。天然記念物のヤマネなどは冬の間丸くなってずーっと寝ているのに、リスはどんなに厳しい季節になっても長く眠ることは許されず、なんとか手を尽くして生き延びなければならないのです。ですから、リスは貯蓄をします。いざというときのために、落ち葉の下や土のなかにどんぐりを溜めこむのです。これで、どんぐりにとってはちょうどいい環境が生まれます。適度な水分が確保されるので、春になれば発芽できるのです。

Q青年は、自分が地中にどんぐりを埋めた場所にだけ芽が出ていることに気づきました。そしてその瞬間、クヌギという植物が、自分たちリスとの関係をもって生存を可能にしていることを知ったのです。これはQ青年にとって、驚愕《きょうがく》に値する自然界の仕組みでした。Q青年はどんぐりだけではなく、多くの植物の花や種や若芽を食べます。どんぐりを食べるのは不確かさが付随する行為なのです。しかし、冬の厳しさを乗りきらなければいけないことを考えると、必然として地中にどんぐりの貯蓄をしなければいけません。そこからの発芽は、クヌギにとって確かなことでした。

そこまで考えたとき、Q青年はクヌギの幹にしがみつきながらも、「おお！」と声をあげざるを得ませんでした。Q青年はカエデの実も大好物です。小鳥の翼のような羽根がついているカエデの実は、酔っぱらった天使のようにくるくる回りながら風に乗って飛んでいきます。Q青年は子どもの頃から、空を舞うカエデの実を見つけてよく追いかけました。みんなでわーわー騒ぎながら、予想されるカエデの実の着地点に飛びこむのです。遊ぶことも食べることも楽しめるのですから、カエデの実はたいそう魅力的です。

でも、今のQ青年は、まったく違う視点でカエデの実を捉え直していました。カエデの実は小さくて、貯蓄向きではありません。リスたちによって地中に埋められることがないのです。だから、適度に水分がある良い環境の場所まで、自力で種を運ばなければいけません。カエデの実がどこまで飛んでいくのかは不確かさに満ちていますが、飛ぶことによって発芽する場所を得るのは確かなやり方なのです。

では、いったい、この「不確かさから成る確かさ」をだれが考え、完成させたのだろう?

Q青年はここまで考えたところである感慨に至り、ぶるっと身震いしました。

およそこの世は、根源的な力によって創られた法則に貫かれているのではないか。

冬眠しないQ青年は、雪の結晶の規則正しい構成も知っています。冬の間、木の皮を集めて作った巣に雪は容赦なく降り積もります。凍えながらも、Q青年は何度雪の結晶に見とれたことでしょう。あんなに小さな雪のひとひらも、正六角形の美から成り立っているのです。

そしてこの大空!

Q青年はここでようやく動きだし、クヌギの幹から枝へと飛び移りました。ぼんやりとした春の青空が頭上に広がっています。Q青年は思いました。夜になれば星々が輝くこの空も、なんらかの規則性に貫かれている。ボクが今ここで空を見上げているのは不確かさが伴う行為だけれど、この空そのものには不確かさが微塵《みじん》もない。星は決まった道を行き、朝になれば太陽は必ず顔を出す。

すべて決まっているのだ、とQ青年は思いました。それでも不確かさがすべての風景の動きにつきまとうのは、ボクたちが本当の法則を知らないからだ。知らないから自信がなくて、なんでもあやふやに感じてしまうんだ。でも、この体もまた、「ここに在る」ということはなんらかの確かさの結果ではないだろうか？　だから、本来の法則からはずれた不自然なものを見ると、理屈抜きでいやな予感がするんだ。

枝を伝って移動しながら、Q青年は人間が仕かけたワナにかかった友達を思い出しました。それは、過ぎ去った冬に起きたことです。Q青年が友達のリスと食べ物を探して歩いているのと、この雑木林では見たことのない良い香りがする果物が落ちていたのです。ただし、金属のカゴのなかにそれはありました。カゴには入り口があり、そこをくぐれば果物にかじりつけます。

「やめとけよ！」

Q青年が叫んだときにはもう遅く、友達のリスはカゴのなかに入りこんでいました。よほどお腹が減っていたのでしょう。でも、友達は果物をかじったあと、絶望的な眼差しでカゴのなかからQ青年を見ました。そこから出られないということがすぐにわかったのです。Q青年は友達をなんとか助けようとして、カゴのまわりを何度も走り回りましたが、どうすることもできませんでした。

人間の気配がしたとき、Q青年は近くの木の上に逃げました。現れた人間は大人の男でした。人間は、Q青年には理解できない言葉を満足そうな顔で話し、友達の入ったカゴを持ちあげて、木々の向こうに消えていきました。友達はカゴのなかで声をあげて泣いていました。Q青年も哀《かな》しい気持ちで友達を見送りました。もう友達は戻ってこないと本能的にわかったからです。

Q青年は知らないことですが、こうして捕らえられたタイワンリスたちは、害獣として処分されます。二酸化炭素を吸わされて命を奪われたあと、焼却されるのです。一匹ずつのタイワンリスたちは、確かにこの世に生を享《う》けたのですが、人間社会からすれば、排除すべき生き物たちなのです。

こうして殺されるタイワンリスたち。私にはこの殺戮《さつりく》行為が、Q青年が看破した「根源的な力によって創られた法則」に合う行為なのかどうか、どうもよくわかりません。Q青年にももちろんわかりません。

Q青年がわかっているのは、クヌギの林を抜けて野原を突っきれば、恋するリスに逢えるということです。

不思議なもので、恋の前では思想は霧散します。Q青年はクヌギの木の上で考えた「不確かさから成る確かさ」のことなどすっかりぶっ飛ばして、オオイヌノフグリの青い輝きが連なる野原を駆けだしました。恋するリスも、Q青年を待ちわびていたのでしょう。野原の向こうから嬉々とした表情で駆けてきます。

互いに駆けているのですから、恋するリスどうしの距離はどんどん縮まっていきます。Q青年は、近づいてくる相手のリスが喜びと興奮を全身で表していると確信しました。

ああ、ボクはこのリスとつがいになるんだ。そして新しいクヌギの木を選び、安定した枝の上に上質の木の皮を重ねて巣を作る。そこでボクたちは子づくりに励むんだ。彼女には一年に三回くらい出産してもらってもいいぞ。だってボク、子どもたちを養うために、朝から晩まで身を粉にしてどんぐりを集める覚悟なんだから。

Q青年は一瞬の間にこれだけのことを考えたのです。

そのときでした。野原のまわりから、カツカツカツカッッとあごを鳴らす警戒音がいくつも発せられました。勢いがついていたQ青年は止まることができません。脚を踏ん張った途端、一回転して背中から野原に落ちました。相手のリスも転がりながら飛びこんできました。

「ううっ、大丈夫かい？」

うめきながら恋するリスに触れようとしたQ青年のすぐ脇を、大きな黒い影がすーっと通り過ぎていきました。

オオタカです。

Q青年の心臓が、きゅんと縮みあがりました。オオタカの視線が、恋するリスにまっすぐ向かっていたように見えたからです。オオタカは獲物を選ぶと、脇目も振らずその目標物だけを追いかける習性があります。もし、恋するリスがロックオンされたなら、彼女がこの野原から逃げられる可能性はありません。彼女もまたオオタカに狙われているとわかったのでしょう。Q青年を前に喜びに満ちあふれていた表情は一気に青ざめ、黒い瞳は恐怖と哀しみの塊になりました。

Q青年は空を見ました。オオタカは一度旋回し、まっすぐこちらに向かって飛んできます。

「クヌギ林に駆けこむんだ！」

Q青年は恋するリスにそれだけを伝えると、隠れるものがなにもない野原のまん中に向けて駆けだしました。そして、渾身《こんしん》の力をこめて跳び上がったのです。

「オオタカ、こっちだ！」

どういうわけか、Q青年の頭には飛行するカエデの実が浮かびました。翼を持っていない

Q青年ですが、リスのジャンプ力はかなり強いので、空中から叫んでオオタカにアピールすることくらいはできるのです。

「こっちだ！　ボクを狙え！」

オオタカが急旋回し、はっきりとこちらを見ました。その鋭い視線とくちばしが自分に向かったことをQ青年は確認しました。あとは、恋するリスとは逆の方向に走って逃げればいいのです。しかし、逃げきれるかどうかわかりません。オオタカが獲物を狩るときの速度は、まるで流れ星を見るかのごとくです。

Q青年は懸命に野原を駆けました。背後から、オオタカの翼が風を切る音が迫ってきます。風はもう歌ってくれません。Q青年は息をすることすらできず、駆けて駆けて駆け続けました。ああ、ボクは今、オオタカに捕まるかもしれない。ボクの命のなんと不確かなことよ！でも、とQ青年はオオタカの爪が背中に食いこむ直前に思ったのです。

ボクらリス族が生き延びるのは確かなことだ。それは、この世の根源の力の、確かな意志だからだ！

第4話

ボスも木から落ちる

ニホンザル

本州、四国、九州、屋久島などの広葉樹林帯に、平均で40頭、多い場合は100頭以上の群れを作る。青森県下北半島の群れは、ヒト以外の霊長類が棲息する北限である。頭胴長はオスが60センチ程度、メスはそれより一回り小さい。植物の葉、種子、果実、キノコ、昆虫などを食し、野生での寿命は20年ほど。温泉に入るサルなど愛される一面もあるが、農作物への被害が全国で生じており、毎年2万頭前後が捕獲されている。

みなさんは動物園に行かれたとき、どの動物の前で一番長い時間をとりますか？

ボクの場合は、ニホンザルです。

たいていどこの動物園でも、ニホンザルの展示施設は敷地内にコンクリートや木で造られたサル山があり、そこで数十頭のサルたちが暮らしています。ボクは一頭ずつの区別がつくまでサルたちを眺めているので、どうしても時間がかかってしまうのです。

赤ちゃんを抱えたお母さんのサル。そのそばで毛づくろいをしている井戸端会議チーム。ひなたぼっこののんびり屋もいれば、追いかけっこをしている仔ザルたちもいます。そして、集団のまん中で眼光鋭くまわりを見渡し、えらそうにしているボスザル。

ボスザルは、餌のサツマイモを巡って喧嘩が始まると、「こらこら！」と割って入ります。「お前ら、喧嘩なんかしたらだめじゃないか」と取っ組み合ったサルたちを叱りつけ、問題となったサツマイモを奪って自分で食べてしまうのです。彼はサル山で一番強いので、まわりは歯向かえません。

動物園のサルばかりではなく、野生のニホンザルの群れを餌づけしているような場所でも、そのなかで一番強いオスザルをボスザルと呼んできました。ボスザルは、単独行動をとるハナレザルが群れのなかに入ってこようとすると力ずくで追い出したり、他のオスザルがえらそうにしているとハリセンで頭を引っ叩いたりします。

こうしたことから、どのサルの群れにも常にボスザルがいて、集団の秩序と安全を保つために八面六臂《はちめんろっぴ》の活躍をしているものだと人間は思いこんできました。しかし、最近の学者たちの研究では、本当の野生のサルの群れにはボスザルはいないかもしれないという意見が出始めているのです。確かに、一番強いオスザルはどの群れでもえらそうにしています。ただ、サルの群れはメスザルを中心とした母系集団です。野生の場なら、オスザルはやがて集団から出ていく運命にあります。一番強いサルでも、群れを統治するリーダーであり続けることは難しいのです。動物園のサル山や、餌づけされた群れのなかの強いサルを「ボス」だと見なしてきたのは、人間社会をサルの世界にそのまま投影してしまった、こちら側の早合点によるものかもしれません。

さて、ある森に、ボスのつもりのサルがいました。ただ、ボスはいないかもしれないので、このお話では、彼のことを「ボツ」と呼ぶことにします。

ボツがボスになろうと志を立てたのは、群れが暮らす森が高速道路に面していることと関係がありました。森は大きな山の麓《ふもと》にあり、深く豊かな広葉樹林からなっています。若葉や木の実、キノコなど、サルたちの食べ物が豊富にある恵まれた場所です。でもそのすぐ脇を、車がびゅんびゅん音を立てて走り過ぎていくのです。たくさんの動物たちが高速道路に迷いこんで犠牲になりました。ウサギ、シカ、タヌキ、キツネ……。サルもまた、車にはねられて死んだのです。

ボツはまだ仔ザルだった頃、とても悲しい体験をしました。ボツのお母さんが目の前でトラックにひかれたのです。親子でキノコをお腹いっぱいに食べて、ご機嫌なときだったとボツは記憶しています。ボツのお母さんが、高速道路の真横のクヌギに登り、木揺すりを始めたのです。

サルはうれしかったり、興奮したりすると、枝にしがみついて、木全体を揺らします。「喜喜喜（キキキッ）！」と声をあげてクヌギの木を揺らすお母さんを、子どもだったボツは尊敬の眼差しで見ていました。なんてすごい力なのだろうと思ったからです。でも、お母さんは調子に乗りすぎました。体で反動をつけて大きく揺すった瞬間、枝がバキッと折れたのです。高速道路に落ちていく枝に、お母さんはしがみついたままでした。ああっ！　とボツが息をのんだときにはもう、お母さんは時速百キロで走る大型トラックの前輪に巻きこまれていました。

幼いボツは独りぼっちになりました。他の子たちがお母さんに抱かれて眠る夜も、ブナの梢《こずえ》にまたがり星を眺めていました。夜空のきらめきのどこかにお母さんがいそうな気がしたからです。ぽつりと涙を落とすたびに、二度とこんなことがあってはいけない、群れのサルを一頭でも不幸な目に遭わせてはいけないと、強く思うようになりました。

青年になったボッは、群れのなかで一番強いオスザルに闘いを挑もうとしました。このオスザルが自己チューの塊で、自分の餌を溜めこむことと、メスザルにもてることしか考えていなかったからです。でも、ボッは喧嘩が苦手でした。お母さんの不幸があってから、血を見るのがすっかりいやになってしまったのです。一方のオスザルは必殺の咬みつき攻撃を得意としていたので、どう組み合ったところで勝てそうにありませんでした。ところがあるとき、ボッはこのオスザルが生まれたばかりの赤ん坊のサルを母親から引き離し、足蹴にするのを見てしまったのです。ボッの正義感に火がつきました。許せないと思うよりも早く、ボッはオスザルに背後から飛びかかっていました。相手の脇の下に手を入れ、渾身のくすぐり攻撃に出たのです。オスザルは笑い転げながら、「奇奇奇（キキキ）！」と悲鳴をあげ、ついにはボッにマウントされた状態で、「ギブアップ！」と叫びました。この瞬間、オスザルの順位が変わりました。ボッが一位になり、負けたサルは群れを離れていくことになったのです。

群れから一頭も不幸なサルを出さず、全員を秩序正しく平和に率いる。ボッはその夢をみんなにわかってもらおうと思いました。ブナの大木の下にすべてのサルを集め、演説を始めたのです。

「希希希（キキキ）！　私は、あなたたち一頭ずつのサルが、それぞれの幸福を追求できる暮らしを実現します。そのためには、秩序ある群れ社会を作りあげなければいけません。まず、年寄りを敬い、子どもたちを大切にする群れになりましょう。大いなるものを崇《あが》めて暮らしましょう。すなわち、昇る太陽と沈む太陽には手を合わせて祈りを捧《ささ》げます。こうしたことを、群れ全体でやるのです。それから、高速道路にはだれも近づかないと約束してください。あの路面に這い出ることはあまりに危険です。ああ、危険を回避するという意味では、木揺すりも禁止とします！」

ええっ！　とサルたちの間から驚きの声が漏れました。「ナンセンス！」と古老のサルが中指を立てて批判しました。

「木揺すりをしないサルなんて、服を着ていない人間みたいなものだ。そんなのサルじゃないだろう」

文句を言った古老に、ボツは微笑《ほほえ》みを浮かべて向かい合いました。

「私は年寄りを敬いますから、あなたのご意見も大事にさせていただきますよ。しかし、乱暴な木揺すりによって、これまで何頭のサルが命を失ったり怪我《けが》を負ったりしたことでしょう。サルの群れも、時代状況に応じた変化を受け入れなければなりません。木揺すりは禁止です。違反した者がいた場合は私に知らせるように。私はただ、みなさんを幸せにしたいだけなのです」

ボツはそう言いきると、ブナの幹を登り、梢の上で胸を張ってみせました。「決まったな」と思いました。メスザルたちにもてもての日々が来ることを想像して、うっとりもしました。しかし木の下では、サルたちのひそひそ話が始まっていたのです。

「違反者は知らせるようにって、密告の奨励か？」

「俺はいやだね。見ざる、言わざる、聞かざるだ」

「でも、こんなにも群れのことを考えてくれるオスザルなんて、これまでいなかったじゃない。彼のもとに一致団結するべきじゃないかしら？」

「私は団結なんて、いやよ。いったいなんのために？」

どのサルも困惑が入り交じった複雑な表情になりました。それに気がつかないのは、ボツだけだったのです。

ボツは高い枝に登り、群れを見下ろしました。気になってしかたないメスザルを探したのです。そのメスザルは赤ん坊を抱え、群れのはずれで若葉を食《は》んでいました。木の上のボツには一瞥《いちべつ》もくれず、演説など聞かなかったかのような素振りです。ボツはちょっと寂しい気分になりました。

ニホンザルの群れのなかでは、子育ての経験がある、すこし年をとったメスザルがオスからもてます。人間の場合は、若くてぴちぴちした女性の方にオスたちの目が行きがちですよね。それでオスたちはキャバクラに通って、若い女の子たちに受けようとして汗だくになり、何万円も払ってしょんぼりして帰ってくるのです。サルの世界はその逆なのです。

ボツもまた、子育てをしているこのメスザルに惚《ほ》れていました。自分の子を彼女に産んで欲しいと思ったのです。ただ彼女は、ボツよりもずっと年上でした。人生というか、猿生の経験が豊富なのです。ひょっとしたら、理想ばかりを並べたボツの演説を、どこかで小バカにしながら聞いていたのかもしれません。

それからしばらくが過ぎました。ボツにとってはあまりよい気分の日々ではありませんでした。群れ全体の幸せを祈ってボスっぽい演説をしたのに、みんなが自分と距離を置いているように感じられたのです。それにボツのお願いを無視して、高速道路に近づく仔ザルたちや木揺すりをする若いオスザルたちがいまだあとを絶ちませんでした。なぜみんな勝手なことばかりするのか。ボツは群れに秩序を築くために、ある程度の締めつけも必要だと思うようになりました。

「聞いてください！」

ブナの大木の下に集まったサルたちに、ボツは呼びかけました。

「今、この群れには危機が迫っています！」

なんの危機だよ？　と木の下でだれかが言い返しました。

「それは、危機が迫っているという危機です。木揺すりをして落ちる仲間がいるかもしれないし、高速道路の路面に仔ザルたちがさまよい出るかもしれないという危機です。ハナレザルたちがなわばりにいつ侵入してくるかわからないという危機もあります。よって、美しく、強く、安全な群れとなるために、みなさんには覚悟を促したい。これから違反をしたサルには、げんこつを一発くらわすことにします」

ええっ！　と、サルたちに動揺が走りました。みんなを率いようとするボッのやり方が苦手でも、喧嘩を避ける彼の温厚な性格を嫌っている者はいなかったのです。それなのに、ボッ自身が「げんこつ」などと言いだしたのですから。

「そこまでしなくていいんじゃないかい？」

木の下でだれかがつぶやきました。ボッは顔をまっ赤にして怒鳴りつけました。

「あんたは責任がなくていいな！　私の立場になれば、そうは言ってられないのだ。危機が迫りつつあるこの群れを守らなければいけないのだから！　危機危機（キキキキ）！」

この日から群れの雰囲気はすっかり変わりました。数匹のオスザルたちがボッに協力すると進み出たのです。彼らはボッの配下として、群れのサルたちを監視することになりました。日の出と日の入りに太陽を拝まない者。隠れて木揺すりをする者。高速道路に近づく者。年寄りを敬わない乱暴な態度をとった者。こうしたサルを見つけたら、ボッの代わりにげんこつをお見舞いするのです。

群れのサルたちは、おどおどしながら暮らすようになりました。オスザルたちのげんこつが恐くて、日の出の前から梢に並び、手を合わせます。ボッやオスザルたちが近くを通るときは、みんな頭を下げて、愛想笑いを浮かべます。群れは年寄りにも優しくなりました。老いたサルが現れると、まわりのサルたちからシイの実やキノコが差し出されました。

なんて美しい群れになったのだろうとボッは思いました。ボッの夢に賛同するサルも徐々に増えていきました。

「みんなで日の出を拝み、心を一つにする。これはよいことですな。やってみて、初めてその奥深さがわかりました。ボッさんのおかげです。この森に生まれてよかったと思いました。他の森のサルたちにはわからない美しさです」

揉み手をしながら、こんなことをボッに伝えにくるサルもいました。

ボッはようやくボスらしい気分になってきました。みんなが自分の命令を守り、秩序正しく生活をしていれば、危ない目に遭うサルはいなくなるのです。喧嘩の強いオスザルたちが配下にいますから、ハナレザルが侵入すれば、号令一発で撃退できます。自らは手を下さずとも、敵をやっつけることができる群れに変貌したのです。

しかし、その達成感とは裏腹に、ボッはどこか落ち着かない気分でもありました。自分に笑顔を向けてくるサルたちの首や肩が、いつも小刻みに震えていることを知っていたからです。彼らは無理をしているのではないか。どうもそんなふうに感じられてしまうのです。

いったい、統治とはなにか？　秩序とはなにか？

配下のオスザルが息を切らして駆けこんできたときも、ボッはそのことで思い悩んでいました。しかし、起きていることを耳打ちされた瞬間、まっ赤なお尻が跳びあがりました。

木揺すりをしている仔ザルがいるというのです。しかも高速道路の真横のクヌギの木で！　ボッとオスザルは走りました。すでに何匹かのサルたちが現場を囲んでいました。ああっ！　とボッの顔色が変わりました。仔ザルが遊んでいるクヌギの枝は、高速道路の上に突きだしているのです。車やトラックはひっきりなしにやってきます。仔ザルが落ちたら助けようがありません。しかし、大人のサルたちが「危ないからやめなさい！」と叫んでも、仔ザルは「嬉嬉嬉（キキキ）！」と歓喜の声で枝にぶら下がり続けます。

なぜ仔ザルがこんなバカなことをしているのか。一瞬遅れてその理由を知ったボッは頭のなかがまっ白になりました。

なんと、仔ザルの母親がこの危険な行為をけしかけていたのです。彼女はボッが惚れたあのメスザルでした。ちょっと見ないうちに赤ん坊は仔ザルとなり、母親は酔っぱらいザルとなってくだを巻いていたのです。

「坊や、どんどん遊びな！　危ない木揺すりこそ、サルの子のあかしだよ！」

母親は発酵した山葡萄《やまぶどう》の汁である猿酒を飲みながら子どもに声をかけます。ボッは思わず、

「やめなさい！」と怒鳴りつけました。すると母親がくってかかってきたのです。

「ああ、あんた、ボス気取りのオスザルさんだね。あんたのおかげで、群れのサルはみんな、サルじゃなくなったよ」

「違う、逆だ。私はどのサルにも幸せになってもらいたいと思い、群れを強くしただけだ」

母親が首を横に振りました。

「大衆の出現というやつだよ。だれもが全体に合わせるようになった。おどおどしながら生きて、自分で自分の首を絞め始めた。それであたしみたいに、酒に溺れるサルも現れだしたってことさ。さあ、坊や、もっと木揺すりで遊びな！」

その瞬間でした。枝を抱えたまま仔ザルが滑り落ち、その先端で止まったのです。車が走り抜けていく高速道路の真上で、弓のようにしなる枝に仔ザルがぶら下がっています。

「危危危（キキキ）！」

さすがに母親も悲鳴をあげました。ボッはそれよりも早く駆けだしていました。電光石火で枝に飛び移り、先端の仔ザルに近づいていきます。ボッの目には、恐怖で強《こわ》ばっている仔

ザルの顔と、ものすごいスピードで突っこんでくるトラックの双方が見えました。

「さあ、つかまれ！」

ボッが仔ザルに手を伸ばそうとしたとき、バキッと音がして枝が折れました。ボッは子ザルをつかんだまま高速道路の路面に落ちました。ドオオオオッと激しい音と大きな影が、ボッと仔ザルの上を通り過ぎていきました。

仔ザルを抱え、ボッは高速道路の路肩に転がり出ました。全身の血管が破裂しそうです。息ができません。目の奥が炎のように熱いです。しかし、なぜかその最中に、ボッは思ったのです。

ボスになんかなるものじゃない。なんでこんなに苦しいんだ。でも、君を救えてよかった。

ボッは仔ザルを抱きしめ、「起起起（キキキ）！」と吠えるように啼きました。

第5話
一本角の選択

ニホンジカ

日本全土に棲息する。北部の分布群ほど体が大きく、エゾシカのオスは体長2メートル、体重200キロに達する個体もあり、屋久島のヤクシカの4倍を超える重さとなる。雌雄別々の群れを作り、オスは生後1年ほどで母系集団のメスの群れを離れる。近年、農作物や植林などに深刻な被害をもたらしている。本州以南の推定個体数222万頭（2021年度）に対し、捕獲数72万5千頭（2021年度ともに環境省）。

夜明け前の暗い靄《もや》に包まれて、一頭のシカがイチイの木の樹皮にかじりついていました。ここは谷の中腹で、脚を踏ん張らないと落ちてしまいそうな斜面です。でも、嚙み痕のないまっさらな樹皮に口をつけるのは久しぶりでしたから、シカは一心に食べ続けました。気づけば、「おはよう」とさえずり合う小鳥たちの声が聞こえてきます。いつのまにか靄はぼんやりと白んでいます。

ふいに、斜面の上の方で木の枝が折れる音がしました。シカはイチイの木から離れ、そちらへ鼻先を向けました。群れが近づいてくる気配がします。シカは身を硬くしました。この場を離れるべきかどうかと考えたのです。群れの脚の音に混じり、オスジカたちの声がはっきりと聞こえます。

シカが迷っている間に、靄がまっ白に輝き始めました。山の向こうに陽が昇り、尾根を越えて光が差しこんできたのです。朝一番の風も吹きだしました。靄が流れます。シカの影も揺れ動きます。Yという字に似た突起のある一本角《づの》のシルエットが、靄のなかで伸びたり縮んだりしています。

光沢のある青い流星のように、一羽のオオルリがシカの目の前を横切りました。靄は風に押され、みるみる薄らいでいきます。陽光が降りてきました。木々の下に広がっていた一面のゼニゴケがいっせいにきらめきました。コケの胞子体についたすべての朝露に太陽の分身が宿ったのです。

靄はすっかり消えました。イチイの木の向こうでミズナラやブナが風にざわついています。十頭ほどのオスジカの群れが、その木々の陰から現れました。彼らはこちらを見て、いちように厳しい表情になりました。

「あいつがいるよ。一本角だ」

「俺たちに隠れて、樹皮を食っていたんじゃないか？」

斜面だというのに、一本角は後ずさりをしました。もしこれだけの数のオスジカにかかってこられたら、生き延びることはできません。どのシカも立派な角を持っています。一本角には文字通り、左の角が一本残されているだけなのです。

「よお、一本角、どうして俺たちのなわばりにいるんだ？」

ヤツデの葉の形の角を持つオスが一本角の正面に回り、頭を低く構えました。ヤツデは、一本角がもっとも会いたくない相手です。ヤツデの肩の筋肉がぐっとふくらみました。どうやら本気で喧嘩をふっかけてきそうな様子です。一本角は谷底にお尻を向けたまま、じりじりとさがっていきました。

「やめておけ！」

強い声を発したのは、群れを率いる年かさのオスジカでした。独特の角の形から、彼は稲妻と呼ばれています。

「闘志なきものを相手にするな」

ヤツデが舌打ちをして、頭を上げました。そして、「臆病者が」と吐き捨てるように言いました。それが合図となったかのように、オスジカたちは笑いだしました。

「お前、恥ずかしくないのか？」

ヤツデは斜面の上から一本角を見下ろします。

「赤い山を見てみなよ。あっちからも笑われてらあ」

シカたちは斜面の向こうに盛り上がる丘を赤い山と呼んでいました。地質の違いからでしょうか、広葉樹の葉がなくなる冬の間、丘全体が赤褐色に見えるのです。

一本角が振り向くと、赤い山には確かにシカの群れがありました。こちらと同じ数ほどのメスジカの群れです。

「じきになわばりが重なる。でも、臆病者のお前には交わる資格がない。さあ、ここから出ていけ！」

赤い山まで届くに違いない大きな声で、ヤツデが吠えるように言いました。メスジカたちは耳を動かし、こちらをじっと見ています。そこには、一本角と幼い頃に仲の良かったヒメウズの姿がありました。彼女は一本角と並んで昼寝をする際、白い花を咲かせるヒメウズの群生をベッドにするのが好きでした。それでこの名前になったのです。

一本角は、ヒメウズにまでバカにされ、笑われたのかもしれないと思うと泣きだしたいような気持ちになりました。

シカは普段、オスとメスは交わらずに暮らしています。それぞれのなわばりは別なのです。オスはオスだけで群れを作り、角をぶつけ合う喧嘩をし合って、個々の優劣を決めていきます。この強弱の順位は、恋の季節にものをいいます。秋風が吹き始め、二つのなわばりが重なるようになると、オスとメスは互いに求め合います。そこでメスに告白をしてもいいのは、強いオスだけなのです。一本角のように闘いから逃げたシカは、群れに留まることができません。なわばりに入ることができないので、恋の機会も失うのです。

「もう、いい。放っておけ」

稲妻の力強い声があり、ヤツデが一本角のそばを離れました。一本角は石を谷底に落としながら、尻餅をついてしまいました。闘いを拒んだのですから、オスジカの群れにイチイの木を譲るしかないのです。

そのときでした。一本角の鼻がぴくりと動きました。風上から、なんともいやな臭いがしてきたのです。稲妻も気づいたようでした。風の来る方向をにらんで叫びました。

「銃を持ったニンゲンだ。イヌもいる！」

群れ全体に緊張が走りました。オスジカたちは身構え、斜面の森の奥を窺《うかが》います。

ドンッ。

遠くで乾いた破裂音がしました。ニンゲンがなにかの生き物を撃ったのです。イヌの吠え声も聞こえてきます。

「来い！」

稲妻の声とともに、オスジカたちが跳ねるように走りだしました。彼らは森のなかへと駆けこんでいきます。一本角はその場に留まったまま、逃げていく彼らを目で追いました。赤い山では、メスジカたちも駆けていきます。深いササの密生地へ向け、一頭ずつ消えていきます。ヒメウズの姿はもうありませんでした。

その日、一本角は谷底まで降りていきました。崩れ落ちた岩が積み重なる険しい地形です。水の流れがよどむ深い淵を覗《のぞ》くと、片方の角しかない自分の顔が映りました。

「ぼくは臆病者で、敗北者だ」

一本角が右の角を失ったのはこの夏のことです。相手は、出会うたびにいじわるをしてくるヤツデでした。互いににらみ合った瞬間、一本角はもう我慢ができなくなり、ヤツデに角をぶつけていました。しかし、喧嘩の技術はヤツデの方が上でした。ヤツデは二本の角を、一本角の右の角だけに絡ませて体をひねったのです。右の角は根本から折れました。一本角は杉の幹に叩きつけられ、背中を角で刺されました。稲妻が止めに入らなければ殺されるところでした。

打ちひしがれた一本角はそのまま群れを離れました。杉林の奥へ一頭で入っていき、心身の痛みをうずくまって堪《こら》えました。母親に会いたいと思いましたが、成長して角が生えた以上、オスの群れにしか居場所がないのです。ただ、その角を折られ、完膚《かんぷ》なきまでに叩きのめされたのですから、オスの群れにだって簡単には戻れそうにありませんでした。

その夜、杉林に稲妻がやってきました。一本角の身を案じたのです。

「負けても、お前は闘い続けなければいけないよ。それがオスジカなのだ。なわばりも、個々の順位も、シカは闘いによってすべてを決めていくのだから」

「でも、ぼくにはもう、片方の角しかありません。闘いようがないのです。それに、闘いは嫌いです。負けた方がこんなに痛い思いをするなら、喧嘩に勝ってもうれしくありません」

「角のことは気にするな。来年の春になれば、また新しいのが生えてくる。それよりも、お前が今理解しなければいけないのは、この世の仕組みだ」

ジグザグ状の大きな角を振りかざし、稲妻が「いいか、よく聞けよ」と一本角に語りかけました。

「この世の基本は、対立にあるのだ。天と地。昼と夜。夏と冬。オスとメス。シカとニンゲン。焼き鳥のタレと塩。これらがせめぎ合い、互いの力が拮抗《きっこう》したところに道ができる。生きていく場のことだ。オスジカが闘うのも、強い子孫を残す道のためだ。すべて、生きるがための対立なのだよ。喧嘩から逃げるな。お前の生きていく道がなくなるぞ」

言われてみればそうなのかもしれないと、そのときの一本角は思いました。しかしどうしても、群れに戻って喧嘩に明け暮れようとは思わなかったのです。自分が痛むのも、相手を痛めつけるのも心底いやでした。

そして今、一本角は谷底で独りぼっちでした。稲妻が告げた通り、生きる道がなくなったのかもしれません。立っているのもつらくなった一本角は、岩場のすぐ横に生えるハンノキに頭をもたれさせ、ひとりごとをつぶやきました。

「苦しいよ……ぼくはどうしたらいいのですか」

すると、どういうわけでしょう。目をつぶっているのに、一本角にはぼんやり白く光る靄が見えました。頭のまん中から生まれるように風景が広がっていくのです。靄は風に押し流され、その向こうにあるものの輪郭や色彩が徐々にはっきりとしてきます。それは、色とりどりの花が咲き乱れている高原でした。シカたちがのんびりと草を食んでいます。美しい蝶たちも飛び交っています。

一本角はびっくりして、ハンノキから頭を離しました。高原の風景は消えました。目の前にあるのは現実の谷底です。

一本角は再び、ハンノキに頭をつけました。また靄が現れ、風が吹き始めます。次に現れたのはどこかの山の夕暮れでした。気の早い蛍《ほたる》たちが明滅しながら飛んでいます。シカたちがねぐらに戻ろうとしています。争うシカはどこにもおらず、みんな仲よく肩を並べていま す。なんと穏やかな風景でしょう。そこには対立はなく、調和があるだけなのです。

この日から一本角はハンノキに頭をつけて、ここではないどこかの山の風景を見るようになりました。あるときは、天の川がくっきりと浮かぶ満天の星が見えました。天頂から雨のように星が降るのです。夜通し啼くホトトギスの声も聞こえてきます。またあるときは嵐の到来です。木々に身を寄せて激しい風雨を耐え忍ぶシカたちの姿が見えました。

ああっ！　と一本角が声をあげそうになったのは、シカたちが草を食む横で、ニンゲンの子どもたちが笑いながら駆け回っている風景が見えたときでした。ニンゲンの子たちは粗末な服を着ていましたが、笑顔だけは弾《はじ》けるようでした。草の束をシカの口元に運ぼうとしている女の子もいました。

これは大昔の風景だ、と一本角は思いました。森のなかで見かけることがある今のニンゲンたちの姿とはずいぶん違っていたからです。でも、ハンノキが見せてくれている風景の謎がここで解けました。

一本角にはわかったのです。ハンノキは、谷底を吹く風をその枝葉でとらえていたのです。そして、風のなかに眠る百万年の記憶を幹に溜めこんでいました。一本角がすべてをゆだねたことで、ハンノキはこの星を巡る風の記憶を分かち合ってくれたのです。

ニンゲンの子どもたちのことも一本角には新しい発見でした。子どもたちは心からうれしそうな表情でシカたちと戯《たわむ》れていました。決してシカをいじめたり、狩ろうとはしないのです。よく考えれば、シカを殺そうとするのはニンゲンの大人たちばかりでした。それはひょっとすると、今も昔も変わらないことなのかもしれないと一本角は思いました。


さて、鰯雲《いわしぐも》が天を覆い、涼しげな風が降りてくる季節となりました。シカのオスとメスのなわばりは自然と重なり合うようになり、恋の舞踏会が連日開かれるようになりました。舞台は赤い山、楽団は小鳥たちです。オオルリが水晶の鍵盤を思わせる声でさえずり、アカショウビンがドラムを叩きます。キビタキが澄んだ声で主旋律を歌います。

「さあ、いっしょに踊りましょう。できれば、今夜あたり、子どももつくりましょう」

強いオスジカたちは好みのメスジカを誘いました。角の先でメスジカの背にそっと触れたり、肩を並べ合ったりして踊るのです。喧嘩の弱いオスジカはこの恋の輪に入ることができません。それでも、おこぼれに与《あずか》ろうとして、舞踏会を囲んで佇んでいます。

一本角はすこし離れた森のなかに身を隠し、舞踏会を眺めていました。シカたちの恋の行方が気になったからではありません。実は、ハンノキに頭をくっつけているうちにとんでもない光景を見てしまったのです。それは、ニンゲンたちに銃で襲撃される舞踏会でした。なにかの幻であって欲しいと思いながら、一本角は舞踏会をじっと見続けました。しかし、ハンノキが見せてくれた光景はうそではなかったのです。一本角がコナラの木にもたれてつらうとうとしてしまったときでした。山の斜面の下の方から、銃を構えたニンゲンたちの匂いがしてきたのです。

一本角は森を駆け、舞踏会の舞台へと躍《おど》り出ました。

「みんな、逃げるんだ！　ニンゲンたちがやってくる！」

小鳥たちの楽団が飛び立ち、音楽が消えました。その瞬間、一本角は横向きに吹っ飛んでいました。ヤツデが体当たりをしてきたのです。

「お前、俺たちの邪魔をしにきたのか？」

起き上がることができない一本角に、ヤツデはもう一撃をくらわそうとしました。ヤツデの背後にはヒメウズがいて、「やめて！」と一声叫びました。

銃声はそこに重なりました。

ドンッ！

一本角とヒメウズの目の前で、ヤツデがどうっと倒れました。眉間《みけん》から噴き出した血が、赤い山の地面に吸いこまれていきます。

ドンッ！

銃声が続きます。ニンゲンたちは二方向から撃っているようでした。イヌの声も近づいてきます。シカたちはパニックになりました。あの稲妻でさえ、逃げる方向がわからなくなって立ち往生しています。

「ヒメウズ、こっちだ！」

一本角はヒメウズに声をかけ、一気に赤い山を駆け下りました。背後ではまだ銃声がしています。ヒメウズは泣きながら懸命についてきます。一本角はそのまま谷底まで下り、ニンゲンが木で組んだ小さな橋のそばまでヒメウズを導きました。ヒメウズは警戒し、「ここもニンゲンたちの匂いがする」といやがる素振りを見せました。

しかし一本角は、その橋から続く道を歩きだしたのです。そこは、ニンゲンが切り拓《ひら》いた登山道でした。「どうしてこんなところを？」と、ヒメウズは一歩も前に進めなくなりました。一本角はヒメウズのそばに戻り、登山道を二頭で辿《たど》りだした理由を語ったのです。

「ニンゲンの子どもたちは、決してぼくらを狩らない。ニンゲンの大人たちも、子どもたちのそばではぼくらを撃とうとはしない。ここは、ニンゲンが親子連れで歩く道だ。この道のそばで暮らしていれば、永遠に狩られることはない。ニンゲンに殺されないために、ニンゲンに近づいたんだよ」

一本角は、ハンノキの秘密をヒメウズに語りました。古代からの風の記憶がその幹に溜めこまれていることを。大昔のニンゲンの子どもたちがシカと遊んでいたことを。世界は対立ではなく、よりよい方向を選ぶ意志にかかっていると思ったことを。ヒメウズは半信半疑の表情で、一本角の話を聞いています。

「でも、ぼくにはわからないことがあるんだ。恋の舞踏会がニンゲンに襲撃される光景も、ハンノキが見せてくれた。風は過去の記憶しか伝えてくれないはずなのに……」

ヒメウズは息を整え、そこで口を開きました。

「それなら、風は過去ではなく、未来から吹いてくるのかもしれないわね。あなたが見たすべての光景は、未来のものだったのかもしれない」

おおっ、と声をあげ、一本角はヒメウズの頭に自分の額をくっつけました。片方の角を失くしたからこそできる行為です。すると、一本角のまぶたの裏にまた新たな光景が浮かびあがってきたのです。細やかな白い花が咲き乱れる高原で、一本角とヒメウズは駆け回る子どもたちに囲まれていました。シカの子どもたちと、ニンゲンの子どもたちの双方にです。

第6話

コウモリの倒置君

コウモリ

世界中に分布し、げっ歯類（ネズミ目）に続いて多種の層を成す。花粉や花のミツを食べるものから、昆虫食、動物の血を吸う種まで、生態は多様。日本では棲息する約100種の哺乳類のうち、その3分の1をコウモリ類が占め、げっ歯類の種数を超え1位である。前脚の人さし指の先から後ろ脚の付け根までのびる飛膜を使って羽ばたき、飛行する。母親は出産時も逆さまにぶら下がったままなので、赤ちゃんコウモリは頭を上にして生まれてくる。

みなさんは、哲学者プラトンが説いた「洞窟のたとえ」をご存知ですか？

プラトンは、この世のあらゆるものには目に見えない存在の本質が隠れているとし、それをイデアと呼びました。千変万化する現象の奥に、不変の真理があるとしたのです。

そのたとえとしてプラトンは、人間は洞窟のなかで入り口に背を向けて捕らえられている囚人に過ぎないと語りました。人間の前には、背後から差しこむ光によって生じるものの影があるだけです。太陽というイデアを直接見ることはできません。人間は洞窟の壁に映る影を現象として捉え、この世のすべてを理解したつもりになっているのです。

プラトンはこのたとえ話をどこで思いついたのでしょう？　もし洞窟のなかだとしたら、彼は目の前を横切って飛ぶ大きな影を見たのかもしれません。

「うわっ、でかい鳥！」

プラトンが驚いて見回すと、小さなコウモリがパタパタと飛んでいます。ニュートンが万有引力のヒントを得たのは落下するリンゴからだという、ちょっと眉唾《まゆつば》っぽい話がありますが、ひょっとしたらプラトンは、洞窟のなかのコウモリにびっくりして、イデアの着想を得たのかもしれません。

さて、ここに一匹のコウモリがいます。コウモリは種類が多く、世界の全哺乳類を種別に分けると、その四分の一を占めるほどです。葉っぱにぶら下がる小さな白いコウモリもいれば、翼を広げると二メートルにもなる果物好きのオオコウモリもいます。

今回のお話の主人公は、ニホンウサギコウモリという種類の、耳のたいへん大きな男の子です。日本では絶滅危惧種に指定している地域もある珍しいコウモリです。ただ、いちいちニホンウサギコウモリと呼ぶのは面倒くさいので、単にコウモリとしますね。彼の名前は、今、考えます。えーと、他の種類のコウモリたちと同様、この男の子も休むときや眠るときは後ろ脚でなにかにつかまって逆さまにぶら下がりますので、トーチ君としましょう。漢字で書くと、倒置君です。

トーチ君は、あることを体験するまで、コウモリである自分を幸せものだと思っていました。洞窟の天井からぶら下がってみんなで眠るときに、彼のおじいさんがいつもこんなことをささやいていたからです。

「はあ、わしらは幸せものじゃのう。闇のなかを自由に飛べる生き物などめったにおらん。なにも見えない深夜でも、わしらは音を頼りに飛ぶことができる。おまけにこの洞窟も居心地がいい。一年中、温度と湿度が安定しておって、天然のエアコンが効いておるかのようじゃ。しかも、わしらは高いところにぶら下がっておるから、おっかないヘビが入りこんできても、届かんわい。外を飛んでおっても安全。なかで眠っておっても安心というわけじゃ。こんな生き物は他におらん。ああ、幸せじゃのう」

寝入りばなにいつも聞こえるこのささやきが、トーチ君の頭のなかでいつしか真実の声として響くようになっていました。自分たちは幸せだという思いが、洞窟から垂れ下がる鍾乳石のように堅固なものになってしまったのです。

これが、睡眠学習です。

眠りのなかで繰り返し聞いた言葉は、無意識下の記憶となって残るという学説がありました。昭和の頃には、枕型のテープレコーダーが睡眠学習機として爆売れしたこともあったのです。当時の受験生のなかには、「細胞を構成するのは細胞膜、ミトコンドリア、リボソーム、ゴルジ体……」と自分で吹きこんだ声を聞きながら寝た人もいたはずです。でもその人はきっと、アメーバに襲われる悪夢などを見て、ぎゃあと悲鳴をあげたに違いありません。

「おじいさん、ぼくらコウモリは、世の中で一番恵まれている生き物なんだね」

トーチ君はそう信じきっていました。実際、闇のなかを自由に飛んでいるときは万能感でいっぱいになるのです。

コウモリは、人間には聞こえない高周波の声を発し、その反響を内耳《ないじ》で感知して、周囲にあるものと自分の位置を捉えます。飛行中の障害物をこれで避けられるのです。もう一つは食事のためです。トーチ君のごちそうは、夜に飛んでいるカやガです。コウモリは音の反響だけでごちそうのありかを知り、好きなだけパクパク食べることができるのです。

もしこれが人間だったら、と考えてみてください。受験生のみんなも、サラリーマンのお父さんも、両手を広げて駅前広場を自由に駆け回るだけで、空中に浮いている焼き鳥、カレーライス、五目炒飯半ラーメンつき、ハムカツサンド、ネギトロ巻などのおいしいごちそうをいくらでもいただくことができるのです。しかも、ただです。働かなくていいし、お金を払わなくてもいいのです。トーチ君が自分たちのことを幸せだと思うのも無理はないですよね。

でも、ある日、トーチ君の幸福感が根底から崩れ去るできごとが起きました。

その日、トーチ君は洞窟のなかで早々と目が覚めてしまいました。まわりの大人たちはまだみんな寝ています。洞窟の入り口の方を見ると、光が差しこんでいてとてもまぶしいのです。トーチ君はふと、あふれる光のなかを飛んでみたい衝動に駆られました。なぜなら、トーチ君は昼間はずっと寝ているので、まだ一度も光に照らされた世界を見たことがなかったからです。

トーチ君がぶら下がって寝ている仲間たちのもとを離れ、洞窟内の薄暗い空間のなかでパタパタと翼を動かすと、「やめておけ」とおじいさんの声がしました。トーチ君は宙を舞いながら、「なぜ?」と問いました。

「不幸になるからじゃよ」

その声がウサギのような大きな耳に入ったとき、トーチ君はすでに洞窟の外へ飛び出していました。前脚の指先から胴体につながる長くのびた飛膜、すなわちコウモリの翼をぴんと張り、生まれて初めて昼間の世界を飛んだのです。

「ああっ！」

眼下に広がる景色を見て、トーチ君は高周波ではない声で「あああああああああっ！」と「あ」の八十連発分くらいうなりました。

そこに、実に豊かな色彩があったからです。

コウモリは耳で世界を捉えているために目はあまりよく見えないということになっていますが、本当のところはどうかわかりません。目は二つしっかりついているのですから、見えていると解釈してもおかしくはないでしょう。オオコウモリのように、音の反響を利用せず、匂いと目視で果物を探す仲間たちもいるのです。

トーチ君にははっきりと色が見えました。風にそよぐ木々から、緑という色を知りました。すべての葉っぱが輝きを転がして歌っています。トーチ君はあっけにとられ、ケヤキやクヌギの木の上を何度も旋回しました。

森の横には川が流れていました。トーチ君は青という色を知りました。もちろん、流れる水には色がなく、ただ青空を映しているだけだったのですが、トーチ君の目には、青い水がきらめきながら、喜びに打ち震えて躍っているように見えました。

川岸には色とりどりの花々が咲き乱れていました。黄色い花、ピンクの花、白い花、幾万という花々が風に揺れ、岸辺を鮮やかにあやなしているのです。それは、花が花であることの歓喜を最善の方法で表現している風景に見えました。

トーチ君の心をさらにつかんだのは、自分と同じように宙を飛ぶカラフルな小鳥たちがいたことでした。

空から滴《したた》り落ちた色彩の結晶のごとく、艶《つや》のある青い小鳥が川岸を飛んでいました。オオルリです。柔らかな黄色のお腹で、少年が吹く草笛のような声で鳴いている小鳥もいました。キセキレイです。胸から頭までが緋色《ひいろ》の小鳥も、姉妹でさえずっていました。コマドリです。

なかでもトーチ君が目を離せなくなったのは、川面のすぐ上で羽ばたきながら空中停止をしていた美しい小鳥でした。背中や頭を包む明るい青と、お腹のオレンジ色の組み合わせがあまりに鮮やかで、見ているだけでだれでもうっとりとした気分になります。トーチ君も、なんてきれいな生き物と出会ったのだろうと、すっかり感激してしまいました。

この小鳥はカワセミでした。カワセミはトーチ君のすぐそばで川面に突っこむと、その長いくちばしにハヤをくわえて飛翔しました。それから川岸のヤナギの枝に留まり、銀色に輝くハヤをつるりと飲みこんだのです。夕暮れ前の陽光を浴び、カワセミから飛び散る水滴が砕けた星のようにきらめきました。弾ける色彩と光を前にして、トーチ君はもう息ができないほどでした。

パタパタ飛びながら自分を見ているトーチ君に、カワセミはようやく気づいたようでした。青い頭をわずかにひねり、目を丸くしてトーチ君を見つめたのです。トーチ君は恥ずかしさのあまり、「ごめんなさい」と下を向きました。

「ああっ！」

トーチ君は慌ててカワセミのそばを離れました。川面に映った自分の姿を見てしまったのです。水辺の宝石とも呼ばれる美しい小鳥の前で、洞窟からやってきたみすぼらしい身なりが際立ちました。まるで影の化け物です。

トーチ君は半べそをかきながら、空が身悶《みもだ》えして燃えているような夕焼けのなかを飛びました。おじいさんが口にした「不幸」という言葉の意味がようやくわかったのです。この世は、洞窟の暗がりと夜だけでできているわけではなかったのです。色彩に満ちた昼の世界があり、小鳥たちは自らもその彩りの支えとなって、命を謳歌《おうか》していたのです。

洞窟に戻ったトーチ君は、ふさぎこんでしまいました。日が暮れて、仲間たちはみんな食事のために外へ出ていきましたが、天井からぶら下がったまま、じっと目をつぶっていました。まぶたの裏には美しい昼の世界がよみがえります。それがつらくて、涙があふれました。

逆さにぶら下がっているので、涙は目尻から額へ、そして大きな耳を伝って落ちていきます。闇のなかを戻ってきたおじいさんが、トーチ君の異変に気づきました。

「だから、行くなと言ったんじゃ」

おじいさんはトーチ君のすぐ横にぶら下がり、ため息をつきました。

「お前さんと似たような年格好の頃、わしもやってしもうたんじゃよ。昼の世界を覗いてみたくなってのう。年寄りに止められたが、聞く耳を持たずで、この洞窟を飛び出した。驚いたのなんのって、光と色にあふれた世界があんなに美しいとは思わなんだ。なにゆえに自分は、闇のなかでしか生きられんのかと、腹も立ったし、絶望もしたわい。それでもわしは思った。これからはだれよりも早く起きて、太陽が沈む前の世界を味わってやろうとな。青い鳥と友達になってみたいとも思うた」

トーチ君はびっくりしながら、大きな耳を動かしておじいさんの言葉を聞いていました。おじいさんが自分と同じことをやってしまったなんて、にわかには信じがたかったのです。

「わしは昼間の世界を何度か飛んでみた。その経験から言おう。夜の闇のなかを自由に飛べて、洞窟で安心して眠れるのなら、それに越したことはないわい。幸せなことじゃ」

「どうして？　だって、昼間の世界はあんなにきれいだよ。小鳥たちだって楽しそうにさえずっている。闇のなかが幸せだなんて、それはおじいさん、思いこみというやつだよ。どう考えたって、昼間の生き物たちの方が恵まれている。ぼくらの幸福なんて、まやかしに過ぎないよ」

ふふふ、と逆さまのおじいさんが小さく笑いました。

「思いこみと言われれば、確かにそうじゃろう。何千万年もの、気が遠くなるほど長い時間の思いこみが、わしらのこの体を作ったんじゃからのう」

「どういうこと？」

「うむ。わしらは、もともと弱い生き物だったんじゃよ。ネズミたちと変わらん。野をよちよち歩いておれば、キツネやアナグマに襲われる。それゆえにご先祖様たちは、空を飛びたいと真剣に願った。前脚から後ろ脚までつながる飛膜を得られたのは、その望みが強く、真の願いだったからじゃ。思いが、体を変化させたわけじゃ。逆さにぶら下がるようになったのも、ヘビに食われずに安心して眠りたいという思いがホンモノだったからじゃ。思いこみをバカにしてはいかん。世界というものは、見る角度と解釈によって、いかようにも姿を変える。そのあやふやさに杭を打ちこむのが、思いこみというやつなんじゃよ。思いこみこそ、安定した個々の世界を創造する土台になるのじゃ」

「大昔のコウモリは昼間に目を覚ましていたのに、思いこみによって夜型の生き物になってしまったってこと？」

「うむ。そうじゃよ」

「それこそ不幸じゃないか。環境から逃げているだけだ。それに、青い鳥と友達になってみたかったんでしょう。その話はどうなったの？」

おじいさんは咽《のど》の奥に大きなガガンボでも引っかかったような声でうなり、ぎゅっと目をつぶりました。

「それは、苦しい話になるのぅ。Mon erreur de jeunesse《モン・エルール・ドゥ・ジュネス》、というべきか」

「え？」

「若き日の過《あやま》ちというものじゃよ。実は、何度か昼間の世界を冒険しているうちに、わしの弟が連れていけと言いだした。もちろんわしは、いいよと答えた。いっしょに色鮮やかな世界を見ようとな。弟はぶら下がったまま微笑んだ。それで、わしと弟は、みんなが寝ている間にこの洞窟からそっと飛び立ったんじゃ。弟はわしの横で羽ばたきながら、初めて見る昼の世界に感嘆符を連発しておった。にいさん、色があるって素晴らしいね！　小鳥たちや花たちはなんて素敵なんだろう！　色は歌声にも通じるのだろうか。ぼくたちも、青い鳥や赤い鳥のように美しい声でさえずってみたいね！　わしは言ったよ。その通りだ。これからの時代のコウモリは、昼間も飛べるようになるべきだ。小鳥の友達を作って、歌も教えてもらおう！　青い鳥に会って、友達になってくださいとお願いしてみよう！　弟は、うん、と力強い返事をした」

　おじいさんがそこで急に黙りこんでしまったので、トーチ君は「話を続けてよ」とねだりました。

「小鳥たちは、わしらを相手にしてくれなかった。ただの一羽もな。青い鳥はバカにしたような顔でわしらを見て、お前ら汚いな、失せろ、と言いよった。わしらはがっかりした。落ちこんだよ。弟は泣きながら、洞窟に帰ろうと言った。それが、弟の最後の言葉じゃった」

　おじいさんは、飛膜の先っちょで目尻をぬぐいました。

「一瞬のことだった。空からタカが降りてきて、弟は食われてしもうた。わしは偶然にも木のうろを見つけたので、その暗がりのなかに隠れて夜が来るのを待った。そのとき、はっきりとわかったのじゃよ。わしらコウモリは俊敏に飛ぶこともできん。昼間にのこのこ出ていけば、全滅してしまうじゃろう。わしらはつまり生存のために、闇に守ってもらっているのじゃよ。だから、昼間の小鳥ではなく、漆黒の闇を友とせよ。暗がりのなかにこそ幸福があると知るのじゃ」

　すべてのみこめたわけではなかったのですが、トーチ君は一応、おじいさんの言葉にうなずいてみせました。しかし、元気が出るようになったわけではありません。何千万年もの思いこみの果てにコウモリとして生きるとは、いったいどういうことなのか？　逆さにぶら下がりながらそればかりを考え続けたのです。

幾日かが過ぎました。トーチ君は洞窟の天井から落ち、ずさっと音を立てました。外は昼間です。仲間たちはみんな寝ています。トーチ君は後ろ脚と翼を使い、入り口から差しこむまぶしい光の方へ、這うようにして進んでいきました。もはや倒置君ではなく、他の哺乳類と同じように頭を上げ、脚を下にして歩いている正統派です。

「何千万年もの思いこみが今のコウモリを作ったのなら、ここからまた何千万年をかけ、ぼくが未来のコウモリを作ってやる。光あふれる昼の世界を飛ぶコウモリだ。そのためにぼくは今、光の根源を直視する訓練を始める」

そうつぶやいて、トーチ君は太陽をじっと見つめました。

第7話
クジラのお母さん

ザトウクジラ

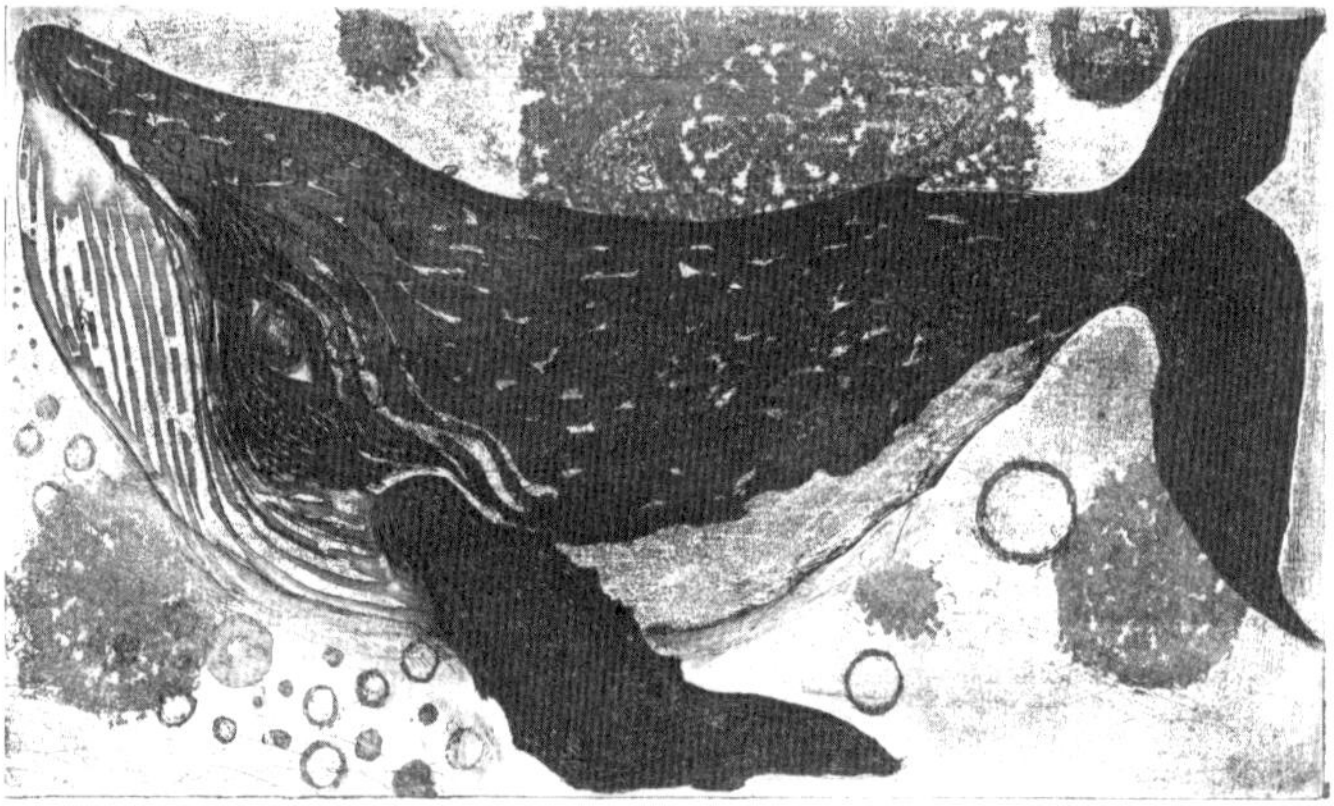

雌雄ともに、成長すると体長14メートル前後、体重30トンにもなる大型のクジラ。北半球では太平洋と大西洋に分布し、日本近海の群れは、繁殖海域である小笠原諸島周辺から、採食海域であるアリューシャン列島、オホーツク海までを回遊する。餌となるニシンなどの魚を、複数で協力し合い、口から吐く気泡で追いこむ漁法を持つ。海面を割って跳躍するブリーチングの習性があるため、ホエールウオッチングの対象にもなっている。

真夜中の暗い海を、たった一頭で泳いでいるザトウクジラのお母さんがいました。空は雲に覆われ、月も星もない夜でしたから、お母さんにはなにも見えません。うねる墨のような漆黒の海を、一縷《いちる》の望みにかけて泳ぐしかなかったのです。

お母さんはつい数日前まで、ザトウクジラの仲間たちといっしょに旅をしていました。小笠原諸島のずっと南から、北海道沖のオホーツク海を目指してみんなで泳いでいたのです。

ザトウクジラには、大洋を回遊する習性があります。冬は温かな海で子どもを産み、育児もします。夏は涼しげな海に戻り、みんなで協力し合って漁をするのです。一年分の体力を蓄えるために、ニシンやイワシなどのごちそうをたくさんいただきます。

お母さんは、ザトウクジラの四季の流れに則《のっと》り、小笠原の海で男の子を産みました。初めての出産でした。坊やは生まれたとき、すでに体長四メートルを超えていました。お母さんの体の三分の一ほどの大きさです。生まれてすぐの坊やが、おっぱいを飲むために自分に寄り添って泳ぎだしたときの驚きを、お母さんは忘れません。大きな口をあけずとも、なにかとても温かなものが体のなかに入りこんできたような気持ちになったのです。

坊やはお母さんの体から離れず、文字通り懸命に泳ぎ続けました。お母さんもザトウクジラ特有の大きな胸びれを動かし、うねりにもまれる坊やを支えました。坊やはがんばって泳ぎながら、小さな気泡を口から何度も吐き出します。そのバブルが海面で割れるとき、お母さんの耳には「ミョン」と聞こえたのです。それでお母さんは、坊やをミョンと呼ぶことにしました。

泳ぎを覚えたミョンは、お母さんのまわりをぐるぐる回ったり、大人の真似をして胸びれで海面を叩いたりするようになりました。波しぶきがぱっと飛び散ると、ミョンはうれしそうな顔をしてお母さんに擦《す》り寄ってきます。

「マンマ！　波！」

「ミョン！　えらいねえ！」

ミョンは海面を割って遊ぶことが好きでした。ときには尾びれを叩きつけ、盛大なしぶきをあげます。加えて、どうやら歌うことも好きなようでした。

エラ呼吸の魚とは違い、クジラは肺で呼吸する哺乳類の動物です。私たち人間の遠い親戚ですから、感情の表現があります。あの大きな体からあふれ出る声で、仲間とおしゃべりをしたり、恋の唄《うた》を歌ったりするのです。

ザトウクジラのオスは、メロディーのある唄を繰り返し歌います。一日中歌い続ける情熱的なオスもいて、その声は何百キロも離れた遠い海にも伝わるそうです。一方、ザトウクジラのメスは歌いません。人間には聞き取れない低周波で、「あなたの歌声にメロメロよ」などとつぶやくだけです。メスはもっぱら、オスの唄を聴く役回りなのだそうです。

ミョンは、大人たちの唄を真似るようになりました。唄以前の発声と言ってしまえばそれまでですが、お母さんの耳には、ミョンの歌声がとても魅力的に聞こえました。生まれたばかりの命が歌っているのだとは到底思えない、なにか深い意味を宿した声の響きだと感じたのです。夕暮れにミョンが歌ったときなど、お母さんは輝きだした一番星のつぶやきが聞こえたのだと思い、慌てて海面から顔を出したほどです。

お母さんにとって、ミョンは自分の子であり、日々の驚きであり、この世の神秘であり、なによりも、生きていくことの喜びでした。ミョンがそばにいるだけで、世界の見え方が変わってしまったのです。

それはたとえば朝焼けの美しさでした。夜が明けて、東の空に太陽のつぼみが開くとき、ミョンと仰ぎ見る海面にも、その日一番の新しい輝きが走ります。うねりで千々《ちぢ》に攪拌《かくはん》された陽光が、橙《だいだい》、朱、金、銀、あるいは緑の、無数のきらめく花びらとなって海のなかを舞い降りてくるのです。

「マンマ、きれい！」

「本当にきれいね。まあ、ミョン、あれを見て」

イワシの大群が横切っていくところです。まるで、伸び縮みするマグネシウムの雲のようです。この銀色の雲からは影の柱が延びていて、イワシたちの動きに合わせて海のなかを駆け回るのです。ミョンは目を丸くして気泡を吐きました。お母さんもまた、大きな気泡を海面に放ちました。大小の二つのバブルが海面できらめいて弾けました。

しかし、この幸福な日々は、長くは続きませんでした。

小笠原の海を離れて北へ向かい始めた群れに、嵐が襲いかかったのです。海上は三日三晩吹き荒れました。大波のぶつかり合いです。クジラたちは頭のてっぺんの噴気孔を海面から出して呼吸をするのですから、こうなるともう、息をするのも、泳ぐのもやっとです。眠ることもできず、荒れ狂う海にもみくちゃにされるだけです。それでもお母さんは、「ミョン！　がんばるのよ」と声をかけ続けました。ミョンも必死に「マンマ！」と応えました。でも、あるときからその声が聞こえなくなってしまったのです。大波の音と、他のクジラたちの悲鳴以外、なにも聞こえなくなってしまったのです。

お母さんは「ミョン！　ミョン！」と叫び、大波に抗《あらが》って泳ぎ続けました。ザトウクジラが潜れる深さを超え、暗い海の底まで辿りました。キリキリと目を押す水圧に耐え、坊やの名前を呼び続けたのです。しかし、ミョンの姿はどこにもありませんでした。唄を歌い始めた最愛の息子は、嵐とともに消えてしまったのです。

それからどれだけ、お母さんはミョンを探し続けたことでしょう。お母さんは不眠のまま、ミョンを見失った海域で、縦に沈んだり、大きく円を描くように泳いだりして、昼も夜も坊やの名を呼び続けたのです。オスたちの唄はどんどん遠ざかっていきました。お母さんはミョンを探しているうちに、群れからはぐれてしまったのです。

たった一頭では、生きていけるかどうかもわかりません。いえ、坊やがいなくなってしまった以上、生きていくことの意味があるのかどうかも、お母さんにはわからなくなっていました。

「ミョン！」

力を振り絞っても、もう声にはなりません。ただ気泡が波間《なみま》で弾けるだけです。お母さんは泳ぐことをやめました。強いうねりに身を任せ、目を閉じました。もう、どうにでもなれと思いました。

しかしその夜、お母さんはミョンの唄を耳にしたような気がしたのです。まさか、と思いましたが、確かに聞こえます。それは、ミョンとはぐれた海域とはまったく別の方角から聞こえてくるのです。ミョン独特の、深い意味が隠されているようなあの声の響きだったのです。

お母さんはまっ暗な海を泳ぎだしました。尾びれを力いっぱい振って、唄が聞こえてくる方へ全力で進みました。お母さんはその途中で、人間をたくさん乗せた船にぶつかりそうになりました。陸地が近いことは、お母さんにもわかっていました。海を伝わってくる機械の音が急に増えたのです。こんなところにミョンがいるはずがないとお母さんは思いました。でも、唄は聞こえてきます。ひょっとしたらミョンは、人間が仕かけた網に捕らえられたのかもしれません。

「それなら、助けなければ……」

お母さんは、自分がどこにいるのかもわからないまま、全力で泳ぎ続けました。知らないうちに灯台《とうだい》の光の下をくぐり抜けていました。そして、人間がつくった窮屈な港のなかに入りこんでしまったのです。

潮の流れをさえぎるように堤防が延び、暗い水をコンクリートの岸壁が囲んでいました。自然界にはないまっすぐな線の連なりです。つまり、極めて不自然な場所でした。広い海に戻らなければとお母さんが焦ったときには、もう手遅れでした。お母さんは、小さな港の浅瀬に乗り上げてしまったのです。なんとか体を動かそうとしましたが、どうにもなりません。尾びれは船溜まりの水を叩くだけです。お母さんの疲労は限界を超えていました。

「ああ……」

お母さんは諦めの気泡を吐きました。フジツボのついた大きなあごが停泊している船に触れて沈んでいきます。するとその船の甲板から人影が躍り出ました。少年のようです。クジラのお母さんが初めてはっきりと見る人間の姿でした。少年は大変に驚いている様子で、船のへりにつかまって震えています。怖がらなくてもいいと、お母さんは少年に呼びかけようとしました。でも、声になりません。口の脇から、ぶくぶくと泡が漏れるのみです。

少年は、暗い水から半分飛び出しているクジラのお母さんの顔をじっと見つめました。それから小さな声で、「ごめんなさい」とつぶやいたのです。お母さんはその声の響きに、胸の奥をぐっとつかまれるような気持ちになりました。

「あなたは……」

クジラのお母さんのググッと低いうなり声が、港を一回りしました。すこし離れたところで、「なんだ?」と人間の大人の声がしました。少年は首をすくめてそちらを窺うと、もう一度だけクジラのお母さんの顔を見ました。そして、船の甲板から岸壁へ降り、姿を消してしまったのです。

港にザトウクジラが入りこんだというニュースは、またたくまに全国に広がりました。岸壁には、カメラを携えたテレビ局や新聞社の人たちが押し寄せました。そのまわりには、たくさんの市民も群がっています。上空では、報道のヘリコプターが飛び交っています。人々は水面から出ているクジラのお母さんの大きな頭を指さし、テレビのニュースで知ったことを言い合いました。

「ザトウクジラなんですってね」

「方向がわからなくなって、迷いこんだんじゃないかって」

「オスは歌うそうだよ」

「かなり弱っているな。自力ではもう泳げないのだろう」

「もって、あと二、三日らしいよ」

　人々の背後から、ひときわ心配げな表情でクジラのお母さんを見つめる顔がありました。あの少年です。見た目は、小学校の高学年くらいでしょうか。親や友達がそばにいるわけではなく、彼はただ一人で群衆の陰に立っていました。

「このクジラを助けてあげる方法はないのでしょうか?」

　テレビ局の女性レポーターの声が聞こえてきました。少年の顔が青ざめました。しかし少年はやがて岸壁を離れ、港の近くの自分の家に向かい、とぼとぼと歩きだしました。

　少年の父親はこの日、漁に出て不在でした。母親はいません。少年がうんと幼い頃に消えてしまったのです。少年はたいてい独りぼっちでした。学校に行ったり行かなかったりという、不安定な生活のせいかもしれません。でも、はっきりとした理由は別にありました。

　少年が、たびたび奇声を発するからです。唄とも、叫びともつかない、なんだかよくわからない声で空に向かって吠えたり、海に腰まで浸《つ》かって大きな声を出したりするのです。

大人たちにしてみれば、得体の知れない少年でした。あの子にだけは近づかないようにと、たいていの親は子どもたちに命じたものです。学校の先生も困りました。教室にいるとき、少年はおとなしくしているのですが、アジサシの白い群れが校舎をかすめて飛んでいったりすると、奇妙な声を発してそのまま校庭に走り出てしまうのです。

父親は漁が休みのときに、少年を心の専門家に診《み》せにいきました。牛乳瓶の底みたいな眼鏡をかけた専門家はいろいろな検査を少年にしましたが、「よくわからないですね」と苦笑し、「でも、きっと大丈夫ですよ」と少年の肩に手をのせました。父親はその帰り、港のそばの公園のベンチに息子と並んで座りました。

「どんなときに歌いたくなるんだい？」

凪《なぎ》の海のような、穏やかな父親の声でした。少年は港の向こうの青い海原をしばらく眺めていましたが、「うれしいときに歌うんだよ」と答えました。

「ほう。どんなときがうれしいんだ？」

「この星や、ここで生きているみんながうれしいときだよ」

「この星？」

「いのちが生まれて、つながる星。お母さんもその一人だった。ぼくもその一人。お父さんもそう。みんな、星のかけらなんだ。その全員がたいせつなんだって、星の気持ちがお腹を伝わってくる。そうすると、ぼくは歌うんだ」

父親はそれ以上なにも問いませんでした。黙って、少年の手を握りました。それ以来、息子がどれだけ陰口を叩かれても、父親は心配しませんでした。この子はとてつもなく大きな存在を感じているだけだ。そう思えたからです。

しかし、少年の独りぼっちの暮らしが変わるわけではありませんでした。見えていない者たちは、見えていることだけで判断を下すのです。少年は寂しさに包まれたとき、夜の港に出かけ、感じられるだけのこの星の気持ちを体にいっぱい溜めました。そして、歌ったのです。普通の人たちには、とても唄だとは受け止めてもらえない奇妙な声で。

少年が歌うと、生き物たちがよく集まってきました。たとえ真夜中であろうと、目を覚ましたカモメたちや、港のネズミたちが少年の唄を聴きにくるのです。フナムシなどは一万匹くらい寄ってきます。でも、まさか、巨大なザトウクジラが現れるとは思ってもみませんでした。


クジラのお母さんが港にはまりこんでから一日が過ぎ、岸壁には消防車がやってきました。お母さんの頭や背中が乾いてしまうので、ホースで海水をかけてあげるためです。その模様はテレビのニュースで逐一伝えられ、「クジラさん、がんばって」と声を合わせる幼稚園児の映像なども画面にインサートされるようになりました。

ただ、人間たちにはもうやりようがありませんでした。二日目、三日目、四日目……。クジラのお母さんの衰弱ぶりがありありとわかります。もはや胸びれも尾びれも動きません。半ば開いた口から気泡が漏れるだけです。この巨体が息絶えるのは時間の問題だと、岸壁に集《つど》っただれもが切ない気分になりました。

少年はこの間、できるだけ港にいるようにしました。昼も夜も、クジラのお母さんの顔を見続けました。いっさい歌わず、なにも語らず、岸壁に生えた一本の樹のようになって、ただじっと立ち続けたのです。なぜなら、少年は予感していたからです。溜まりに溜まったこの星の気持ちを、クジラのお母さんに捧げる瞬間が来ることを。

それは、クジラのお母さんが港にはまって五日目の夕暮れでした。満潮で水位が上がったものの、まったく動かないお母さんを見て、もうだめかもしれないと岸壁の人々が騒ぎだしたときです。少年は遥か地の底から、「今だよ」とささやく声を聞いたのです。

少年は口を開きました。溜まりに溜まったこの星の気持ちが、人間にはわからない唄となって放たれました。人々は両手で耳をふさぎ、崩れるようにしてひざをつきます。強烈な響きの、大音量の唄です。

暗い霞のなかに落ちていたクジラのお母さんは、そこで目を覚ましました。お腹と接している浅瀬の、もっと下の方から、途方もない力が突き上げてくるのです。その力が無限であることを、お母さんは一瞬にして悟りました。

「おお、ミョン！　私は泳がなければ……」

クジラのお母さんの尾びれが大きく水面を叩きました。巨体がゆっくりと動きます。お母さんは停泊している船を胸びれで押し、体の方向を変えました。少年もまた無限の力に支えられ、歌い続けます。

お母さんは港の出口に向かって泳ぎだしました。浅瀬から脱したのです。水深はどんどん深くなっていきます。人々は耳から手を離し、拍手をし始めました。少年はそれでも唄をやめません。港からようやく抜け出したクジラのお母さんはそこでやるべきことをはっきりと理解したのです。

お母さんはたっぷり息を吸いこんでから、一度海面下に潜りました。そして浮上しながら、少年に見て欲しい一心でそれをやったのです。

頭の噴気孔から、間欠泉が噴き上がったかのように水煙が立ち上りました。クジラのお母さんが潮を吹いたのです。夕暮れの陽光を受け、そこに大きな虹がかかりました。

第8話

モグラの限界状況

モグラ

ヨーロッパ、アジア、北米に広く分布する。日本では、北海道を除くほぼすべての地域に棲息し、東日本ではアズマモグラ、西日本ではコウベモグラが、地下に掘ったトンネルで暮らしている。体長は13〜15センチほど。土を掘るための前肢は大きく、5本の爪が広がる掌部は外側を向いている。土のなかの昆虫、ミミズ、ヒルなどを食す。代々受け継がれてきたトンネルを利用するので、全長200メートルにも及ぶ迷路で暮らす個体もいる。

心の危機は、超えられそうもない壁に直面したときに訪れるのでしょうか。それとも、平凡な日常から、ふいにやってくるのでしょうか。

これからお話しするのは、みなさんが歩かれている地面の下の、まっ暗な迷路の世界で起きたできごとです。主役は、一匹のモグラのおじさんです。名前をユーさんといいます。

青空がまぶしい秋の日の昼下がりのことです。街はずれの公園では、池のまわりを飛び交うアキアカネを追いかけ、捕虫網を持った子どもたちが走り回っていました。実にのどかな光景です。しかしその直下では、モグラのユーさんがシャベル代わりの手を腰に当て、トンネルのまん中で突っぷしていました。もちろん、真上の公園とは対照的に、陽の差さない地下世界ではなにも見えません。一年を通じて変わらない土の匂いと湿気のなかで、ユーさんは茫然《ぼうぜん》としていたのです。

ふだんは、土があれば掘らずにはいられないユーさんです。なぜ、心ここにあらずといった様子で動きを止めていたのでしょう。それは、ユーさんの耳が偶然に捉えた音、おそらくはニンゲンの声が原因でした。

トンネルの壁に体を擦《こす》りつけながら移動するモグラは、円筒形の体をしています。耳も飛び出していません。滑らかな毛が覆う頭部に二つの孔《あな》があいているだけです。ただ、その感度はバツグンです。しかもトンネル内は、空気振動が拡散せずに伝わるので、ミミズのダンスやオケラの演奏だけではなく、地表のニンゲンの生活音も聞こえてしまうのです。金属の伝声管を通すように、すこし離れた場所のニンゲンの言葉もはっきりと聞こえます。

「ヘイ、ユー！　相変わらず、つまんねえことしてんな！」

ユーさんが聞いてしまったのは、下町のあんちゃんが友人をからかうような、どこかに親しみのこもった声でした。気にする必要はなかったのかもしれません。しかしユーさんの胸に、この声はぐさりと刺さりました。「つまんねえ」という言葉が、体の奥までめりこんでしまったのです。

ちょっと待った。ニンゲンの言葉をモグラが理解できるのか？　と疑問を持たれた方もいらっしゃるでしょう。そこのところは……よくわかりません。ただ、野山や田畑だけではなく、ニンゲンが暮らしている街の地下にも、モグラたちは迷路の世界を造りあげています。モグラは原始時代からずっと、ニンゲンの言葉を耳にしてきました。それに気づいていないのは、我々ニンゲンの方なのです。

さて、ユーさんです。このモグラのおじさんは自分の行動に対して、つまるとかつまらないとかの判断を下したことがありませんでした。価値観の定規というものをいっさい持たずにこれまで生きてきたのです。

物心ついた頃から、ユーさんは土を掘り続けてきました。なんのために掘るのか、なんて考えたこともありません。掘らなければ食事にありつけないのですから、食べるため、生きていくためだと解釈することはできます。

でも、それよりもなによりも、ご先祖様から受け継いだトンネルが目の前にある以上、体が反応してしまうのです。前方が土でふさがっていれば、手は勝手に動きます。巣から子どもたちが出ていったあとも、ユーさんは土掘りを休んだことがありませんでした。

「つまんねえって……失礼じゃないか。だれだ？」

闇に向かって、ユーさんは抗議の声をあげました。トンネルのなかですから、「だれだ？ だれだ？ だれだ？」とその声はこだまします。しかし、だれからも、どこからも返事はありませんでした。それがいっそうユーさんをみじめな気分にさせました。

私は、つまらないことをしているのだろうか。ユーさんは、シャベルにしか見えない手をそっと胸に当てました。土くれがぽろぽろと足下に落ちていきます。

あらためて考えてみれば、土を掘るという行為自体にはなんのおかしみもないとユーさんは思いました。掘りながら笑ったことは一度もありません。それでも、闇のなかでずっと掘り続けてきたのです。つまらないと言われてしまえば、本当につまらない人生、というかモグラ生だったのです。しかもモグラである以上、今後もずっと掘り続けるのでしょう。

ユーさんは、自分の体がいきなり重くなったように感じました。まるで、黄鉄鉱《おうてっこう》を含む岩のようです。立っていられなくなって、へなへなと座りこんでしまいました。

つまらないことをしている私は、つまらないモグラなのだろうか。もしつまらないモグラなのだとしたら、生きている意味があるのだろうか。

考えても、答えは出てきません。今日はもう土を掘るのをやめて、巣に戻ろうとユーさんは思いました。子どもたちが巣立ったあと、口をきくこともなくなった奥さんが待っているだけですが、それでもトンネルでうめいているよりはましだろうと思ったのです。ユーさんは重い体を引きずるようにして、暗い迷路を引き返しました。すると、分岐するトンネルの奥がぼんやりと明るくなっていることに気づきました。カリカリとものを擦るような音も聞こえてきます。

はて、なんだろう？　ユーさんは吸い寄せられるようにして、そちらへ近づいていきました。どうやら、木の根に沿ってだれかの巣があるようなのです。明るさの正体は、根と地面のわずかな隙間からこぼれ落ちている陽光でした。その光のなかに、頭頂部が薄毛となった一匹のモグラが浮かびあがりました。彼はシャベルの手で鉄クギを握り、木の根にカリカリとなにか書きつけているところでした。

「なにをしているのですか？」

ユーさんが問いかけると、薄毛のモグラがゆっくりとした動作で振り向きました。

「見ればわかるだろう。日記をつけているのだよ」

言葉遣いでわかりました。ユーさんと同じ、東日本に棲息するアズマモグラの旦那です。

「ここは光が差しこむから、過ぎていく一日がわかる。毎日なにをしたかを記録すれば、単調になりがちな、つまらない我らの生活に、日々の記憶という彩りが与えられる」

おお！　と、ユーさんは思わず爪先立ちになりました。克服すべき対象として、「つまらない」という言葉が放たれたのです。しかも反意語として躍り出た「彩り」があまりに魅力的で、ユーさんの胸のなかで虹色のあぶくが弾けました。

求めていたものはこれだったのです。つまらない日常でも、行為を書き留めることで色づけられる！

「あなたの日記を、見てもいいですか？」

「おいおい、人に見せるために書いているのではないよ。まあ、しかし、どうしても、というのなら」

薄毛の旦那は苦笑しながら、シャベルの手でカモンカモンと誘ってくれました。ユーさんは腰を低くして、日記が書かれた木の根に歩み寄りました。

某月某日　土を掘った。ミミズを食った。三十四。

某月某日　土を掘った。ミミズを食った。二十八。
某月某日　土を掘った。ミミズを食った。四十六。
某月某日　土を掘った。ミミズを食った。三十七。♪。

生涯を通じての地下生活のせいで、モグラの視力は極端に落ちています。ユーさんは何度も目を擦り、薄毛のモグラの日記を読もうと努めました。

「土を掘って、ミミズを食べるだけの毎日ですか？」

「もちろんだよ。モグラなんだから」

「でも、先ほど、日記を書けば、彩りが与えられるって言いましたよね。いったいどこが、その彩りなんですか？」

オッホン、と薄毛の旦那が咳払《せきばら》いをしました。

「毎日きちんと数字が記されているだろう。これは、その日に食べたミミズの数だ。この数字を見ることによって、どんな一日だったかが思い出せる」

「この♪は？」

「よくぞ聞いてくれた。これこそが彩りだ。これはな、食いついた瞬間に、ミミズがどんな声を出して息絶えたのか。その音を表したものだ」

しばらく日記の前に佇んでいたユーさんは、薄毛の旦那に「どうも」と頭を下げ、その場所をあとにしました。本当は、「つまらない日記ですね」と言いたかったのですが、もちろんそんな無礼なことは口にしませんでした。

ユーさんの体は再び重たくなりました。モグラはつまらない生き物だという思いが、より強くなったのです。

そのユーさんに声がかかったのは、迷路の分岐をいくつか過ぎたあとでした。だれかの巣のなかから、「しけた足取りしとんなあ。一杯、飲んでけや！」と呼び止められたのです。

あたりには酒の匂いがぷんぷん漂っていました。

まっ暗ですから、相手の顔は見えません。でも、言葉遣いから、最近勢力を伸ばしてきたコウベモグラだということがわかりました。関西からやってきた彼にも、ユーさんの足音はよほど頼りなく、哀しげに聞こえたのでしょう。

「なにを悩んどうねん？」

酒の飲みすぎなのか、関西モグラはブルージーな掠《かす》れ声の持ち主でした。「さあ、飲んでや」と、彼はユーさんのシャベルの手にドングリの盃《さかずき》を持たせました。ユーさんはあとで奥さんに叱られるかもしれないと考え、すこし迷いましたが、なんだかもうどうでもいい気分になり、その盃に口をつけました。なにかの根っこを発酵させた酒なのでしょう。ピリッとくる味わいは、ニンゲンが飲む芋焼酎に似たものでした。

「落ちこんどうときは、飲むのが一番や」

暗闇のなかで、関西モグラが酒を注いできます。酔いが回ってきたユーさんは、つい愚痴り酒になってしまいました。

「飲まないとやってられないですよね。トンネルのなかで土を掘って、ミミズを食べるだけの毎日です。そうやって一生が過ぎていく。我々モグラは、なんでこんなにつまらない生活をしなければいけないのですか？」

「わあ、なんや、あんた。ちょっとした精神的危機ゆうやつやな。はい、まあ、飲みーな」

関西モグラは自分でもごくりと咽を鳴らし、酒を呷《あお》りました。掠れ声が大きくなります。

「わしかて、悩んだことがあるねん。わしらは、生涯暗闇のなかや。しかも代わり映えせえへん生活が永々と続く。それを考えると、どうにもしんどかった」

「本当ですよ。この命になんの意味があるんだろうって考えちゃう」

ユーさんはもう涙目です。うんうん、と関西モグラがうなずきました。

「わしなあ、ごっつい悩んどった頃、大学の教室の地下にねぐらを構えとったんや。ただ寝とうだけで、講義の声が聞こえてくるねん。ほんで、いろいろと勉強した。苦悩に立ち向かうには、哲学しかないと思ったこともあるで。そやけど、ニンゲンやって、考えることの試行錯誤を繰り返しとうだけやとわかった。万能の答えゆうもんはあらへんねん。たとえば、ドイツのヤスパースや」

関西モグラがニンゲンの哲学者の名を口にしました。ユーさんは思わぬ展開に驚き、ドングリの盃を胸に抱きました。

「ヤスパースはのう、死やの罪やの、どうにもならへん壁に出くわすことを、『限界状況に直面する』と表現したんや。そのときわしらの心は初めて、壁を超えた向こう側の、ごっつい存在を意識するようになるねん。それが、生きる、ゆうことの一つの意味やってヤスさんは言うねん。わしはその講義を聴いて、このちっこい目からウロコが落ちたような気分になった。すなわち、しょうもない生活も、ご先祖様から受け継いだトンネルの壁も、わしらモグラにとっての限界状況なんやろうと思うたわけや。それやったら、そこからやってくる苦痛は、えらい気づきをわしらに与えるためのお膳立てゆうことになるんちゃうか。わしは、そう思った」

おお！　とユーさんはうなりました。自分が求めているものが近づいてきているような気がしたのです。

「そやからわしは、壁の向こうのごっつい存在に、気が遠くなるまで祈りを捧げたんや。生きとうことが楽しくなる喜びをくださいとな。その結果……」

「その結果？」

答えを早く聞きたくて、ユーさんは身を乗りだしました。

「状況はなにも変わらへんかった。土を掘るだけの生活も、わしの心も、まったく変わらへん。わしは気づいた。わしらは生活のなかで限界状況に直面しとったのではない。もともと、わしらそのものが限界状況の化身やったんや。それやったら、どんな哲学を持ちだしても救いようがあらへん」

ユーさんの口から、「え？」と息が漏れました。

「その代わり、わしはこれに出会った。酒や。酒さえ飲んどったら、気持ちが明るうなる。なに一つ解決せんでも、脳が夢を見るんやからな。いとも簡単に限界状況をぶち破ることができるわけや。つまり、壁の向こうのごっつい存在は、唯一の答えとして、酒を差しだしてくれたゆうわけや。さあ、飲め飲め飲め！　酔って、すべてを超えんかい！」

ユーさんはドングリの盃を足下に置きました。「どうも」と短く礼を言い、関西モグラを刺激しないようにそっと後ずさりしました。トンネルのなかに、「飲め飲め飲め！」という掠れ声がこだまします。ユーさんはシャベルの手で耳をふさぎ、座りこんでしまいました。

結局、なにをどうしたところで、つまらない生活から抜けだすことはできないのだとわかってしまったからです。暗闇で土を掘り、ミミズを食べ続けるだけの一生なのです。

迷路をどう辿って巣に戻ったのか、ユーさんは覚えていません。「モグラとしての生」に、それくらい絶望してしまったのです。ふと我に返ったのは、「酒臭いよ、あんた」と奥さんに言われたときでした。

「私だって、飲みたいときはあるんだよ」

ユーさんは珍しく奥さんに口答えをしました。暗闇のなかでしたが、奥さんの表情が変わったのがユーさんにはわかりました。

「なんだって？」

「私だって、悩むことはあるんだよ。毎日土を掘るだけの生活だ。子どもたちが巣立ってからは、ここに帰ってきてもなんの喜びもない。酒くらい飲んだっていいじゃないか」

「バカ言ってるんじゃないよ！」

奥さんの声が鋼《はがね》のように強ばりました。

「たらたら土掘りをして、ぼんやりした時間を作るから悩みってものがやってくるのさ。酒なんかでごまかしてないで、朝から晩まで掘り続けな。そうしたら、悩みは消えるさ」

なんという鬼嫁だろうと、ユーさんは息が詰まりそうでした。酔いも手伝ったのでしょう。ユーさんは仁王立ちになると、「おお、やってやるよ！　掘り続けてやるよ！」と叫びました。巣の壁に突進し、猛然と掘り始めたのです。

ぶち切れる、とはこのことでした。やめさせようとする奥さんの声が聞こえたような気もしましたが、ユーさんはシャベルの手を爆発的に動かしました。巣の壁にはすぐに新しいトンネルができました。ユーさんはそのなかに入りこみ、腕よ壊れろとばかり掘り続けました。もう、まっすぐに掘っているのか、曲がっているのか、どちらに向かっているのか、いっさいがわかりません。ときおり現れるミミズに咬みつきながら、ユーさんは掘って掘って掘り続けました。すると、薄らいでいく意識のなかで、ユーさんはふと、なにかが見えたような気がしたのです。それは土から生まれ、土に戻っていく自分でした。今はただ、モグラという生き物として暗闇に出現していますが、本来はこの星の、土そのものだったのです。いえ、星そのものだったのです。

どれくらい掘り続けたのでしょう。気づいたとき、ユーさんはまた巣に戻っていました。酔って掘りだしたせいか、トンネルが曲がっていたのです。つまりユーさんは、巨大な円を描くトンネルを掘って帰還したのでした。

そのことを知っているのは、戻ってきたユーさんを喝采で迎えた奥さんと、壁の向こうの大いなる存在だけでした。

「ヘイ、ユー！　でかいマルを描くなんてしゃれてるぜ！」

ユーさんは夢うつつのなかで、どこか遠くからの声を聞いたような気がしました。

第9話

ウリ坊の恥

ニホンイノシシ

北海道を除くほぼすべての地域に分布する。沖縄本島や離島のリュウキュウイノシシは小型化する傾向があるが、本州の場合、オスは最大で体長1・8メートル、体重200キロを超える個体が捕獲されている。雌雄ともに上下のあごの犬歯が発達し、鋭い牙となる。一方、幼獣であるウリ坊は大きくても体重5キロほど。生後半年くらいで縞模様が消える。国内での推定個体数は約72万頭（2021年）、捕獲数は約53万頭（2021年度、環境省報告）。

みなさんはどんなときに、恥ずかしいなあと思いますか。まわりの顔を見られなくなるようなあの恥の感覚は、いったいどこからやってくるのでしょう。

ある里山に、一匹の恥じているウリ坊がいました。

どれくらいいたたまれない気分だったかと言いますと、「ああ、穴があったら顔から入りたい。もう、イノシシやめてやる！」とのたうちまわるほどです。

ウリ坊は、イノシシの子どもです。縦縞模様の姿がウリに似ているところから、日本中でウリ坊やウリン坊と呼ばれるようになりました。女の子であっても、ウリ坊です。ウリ子とは言いません。

イノシシは男女とも青年期になれば、灌木をなぎ倒して走るくらい立派な体軀《たいく》になります。しかも人間に体当たりしたり、牙の生えた口で咬みついたりすることもある動物ですので、なめてかかってはいけません。ですから、本当は一匹などという可愛い数え方ではなく、一頭のウリ坊、と重みを持たせて紹介した方がいいのかもしれません。でも、ウリ坊は抱っこできるほど小さい上に、連れて帰りたくなるようなつぶらな瞳をしているのです。数え方としてはやはり、一匹の方がしっくりきます。

さて、恥じているウリ坊のお話です。この子がこんなにも悶え苦しむことになるきっかけは、森に落ちていたポテトチップスの袋でした。ウリ坊は、母親や兄弟姉妹と連れ立って、木の実や植物の地下茎など、食べられるものを探していたのです。すると、木漏《こも》れ日のなかでポテチの袋がギラリ銀色に光るではないですか。わー、なんだろう、なんだろう、なんだろうと、ウリ坊たちはポテチの袋を目指していっせいに駆けだしました。「気をつけなさい!」と母親が叫んだときにはもう遅く、この子は袋に顔を突っこんでいたのです。

ハイキングの人が捨てていった袋だったのでしょうか。なかは空で、ビーフコンソメ味のポテチの粉が底の方にくっついていただけでした。それでもウリ坊はたまりません。こんなにおいしそうな匂いは、これまで嗅いだことがなかったのです。えいや! と、ウリ坊は頭からポテチの袋に入りました。まわりでは、「いいなあ!」と兄弟姉妹が騒いでいます。ところがどういうわけか、ウリ坊はポテチの粉をなめることができませんでした。なぜなら、頭を奥へ入れようと後ろ脚で突っ張るたびに、袋もまた前へと進んでしまうからです。

こうして、くるりんとした尻尾と、二本の後ろ脚がついたポテチの袋が一丁できあがりました。袋は森のなかをどんどん進んでいきます。これはやばいとウリ坊は焦りましたが、自力で袋から抜け出すことはできません。猪突猛進《ちょとつもうしん》のたとえがある通り、イノシシは前に進むことは得意でも、後ろ向きにはさがれないからです。しかも頭は袋に覆われているので、なにも見えません。ウリ坊はパニックになり、後ろ脚で地面を蹴り続けました。ポテチの袋は森をジグザグに進んでいきます。母親の「戻ってきなさい!」という声もすでに遠く、ウリ坊は袋ごと木や岩にぶつかりました。そしてとうとう、袋に入ったまま尾根の崖から落ちてしまったのです。

それからどれくらいたったのでしょう。気を失っていたウリ坊は、人間の声で目を覚ましました。

「見ろ。ウリ坊がポテチの袋に入ってらあ！」

我が国では、イノシシの天敵は人間です。人間の方でもイノシシを恐れていますから、不用意に出会えば銃で撃たれることもあるのです。ウリ坊は母親から、人間に近づいてはいけないよとさんざ注意をされてきました。

さあ、大変。ウリ坊は方角もわからないまま、人間から逃れようとしました。しかし、人間の笑い声は途切れずについてきます。「可愛い！」という声も交じります。脚が生えたポテチの袋は農地を抜け、家々が立ち並ぶ村の中心地にまで入りこみました。ウリ坊は何度頭をぶつけたかわかりません。もうなにがなんだか本当にわかりません。わーっと悲鳴をあげたとき、ついにこの子は人間の大人の男に捕まってしまったのです。

「可哀想になあ。助けてやるからな」

男はウリ坊の後ろ脚をつかみ、ポテチの袋を取り払いました。そして、ビービー啼いているウリ坊を逆さにぶら下げ、村はずれの尾根の下にやってきました。

「さあ、山に戻れ」

男はそこで手を離してくれました。解放されたウリ坊は、宙をすっ飛ぶ勢いで崖を登り、森へ駆けこみました。息が切れて心臓が爆発しそうになっても、全力で走り続けました。

「食い意地が張っているからこんなことになるのよ！　恥を知りなさい！」

転がるように戻ってきたウリ坊を、母親は涙目になりながらもいきなり叱りつけました。彼女は一部始終を尾根の上から見ていたのです。いざというときは命がけで助けに行かなければと覚悟を決めていたのでした。

「まったく信じられない。人間の世話になるなんて」

怒る母親の横で、兄弟姉妹たちも安堵と軽蔑が入り混じった複雑な表情をしています。耐えられなくなったウリ坊は、家族が暮らす茂みからすこし離れた窪地まで駆けていき、そこで一四、背を丸めて横になりました。

「ああ、ぼくは恥ずかしい存在だ。雄々《おお》しいイノシシになるはずだったのに、人間にあんなにも笑われ、しかもその人間の手によって救われた。イノシシ失格ではないか！」

恥を知りなさいという母親の言葉が、スズメバチの巣でも落ちてきたかのように、頭のなかでわんわん響きました。ウリ坊はもう本当に恥ずかしくて、明日まで生きていけないと思ったほどです。だってウリ坊は、泥浴びをするヌタ場を独り占めできるくらいの、他のどんなオスにも負けない王様のような強いイノシシになるつもりでいたのですから。

その夜、ウリ坊は一睡もできませんでした。恥ずかしいのが苦しかったのです。立派なイノシシどころか、もうどんなものにもなれないような気がして心細かったのです。でも、恥ずかしいという気持ちに身悶えしているうちに、この感じ方はいったいなんなのだろうと考え始めました。人間に助けられることが恥ならば、人間と関わらなければ恥ずかしくないイノシシだと言いきれるのだろうか。どうよ?

よくわからなくなってしまったウリ坊は、近くを歩いているアリたちに「恥とはなんですか?」と尋ねてみました。彼らは夜になっても行列を作って働き続けているのです。一匹のアリが触角を震わせながら答えてくれました。

「そりゃなんといっても、せっかく見つけたごちそうを、あり、あり、あごが疲れたからといって、あり、巣に戻る途中で落としてしまうことですな。ありあり、これは不名誉なことです」

なるほど、恥とは不名誉なのか、とウリ坊は学びました。でも、なにが不名誉なのか、ウリ坊にはいま一つよくわかりませんでした。そこで今度は、ブナの枝で眠りに就こうとしているカラスの兄さんに聞いてみました。

「兄さん、不名誉ってなんですか?」

「そうだなあ。人間たちに巣を壊されても、仕返し一つせずに泣き寝入りすることかな。カアッ」

「では、恥とはなんですか?」

「うむ。それは、この黒羽の艶を失うことかな。夜の真っ暗な森のなかでも、俺たちの翼は月や星を映すくらい艶がないといけない。くすんだ羽じゃ空も飛べないよ。見てごらん、俺の翼には星が映っているだろう。カアッ。つまり、美しくないカラスは恥なのさ。くすむことそれ自体が悪なんだ」

カラスの兄さんの翼には、確かにオリオン座のベテルギウスとリゲルの星が映っていました。兄さんが翼を動かすと、星の光が流れ星のように走るのです。はて、とここでまたウリ坊はわからなくなりました。美しいこと、美しくないこと、それは行為なのだろうか? と考えてしまったのです。

ポテチの袋から出られなくて人間に捕まったのも、アリがごちそうを落としてしまうのも、行為があって初めて生じるできごとです。恥は、行為の先で待ち構えているのです。しかし、カラスの翼に星が映ったり映らなかったりするのは行為ではありません。状態のことです。もし、状態が恥を呼びこむなら、ずーっと恥をかきっぱなしということもあり得ます。恥って難しいなあと思い始めたウリ坊は続いて、夜の風に尋ねてみることにしました。昼の風は忙しくてあまり答えてくれませんが、夜の風は相談に乗ってくれるのです。

「ねえ、風さん、恥をかいたことある？」

「ああ、ありますよ。恥をかかされた、というか」

「それはなに？」

「私たち風は、みんなが生きていけるように、この星をぐるりと一周して新鮮な空気を送り続けているのです。花々のよい香りやタンポポの綿毛などを運ぶこともあります。ああ、よい香りがするねと言われると、私たちもうれしいのです。ときには力が余って嵐と化すこともありますが、そうやって遠い昔から、透明な姿でみんなを支えてきたのです。ところが、人間が造ったゲンパツが事故を起こしましてね、みんなを長く苦しめるかもしれない忌々《いまいま》しい毒を運ぶはめになってしまったのです。風向きのせいでこうなった、なんて人間から非難されましてね。あれは一世一代の恥でした」

風はそこで、ゴーッとうなりました。ブナの木が揺れます。

「でも、それは風さんのせいではありませんよね？」

「そうですよ。人間のせいです。しかし、恥というものには程度を測る定規がないのです。本人が自分の行為や状態を恥と意識するかどうかにかかっているのです。たとえば、他人が書いた原稿を棒読みする人間の大人がいたとします。しかも練習をしないからよく読み間違えます」

「そんな人間、いるんですか？」

「どこにでもいます。自分で原稿を書かないことや、読み間違えることが恥ずかしいと思えば、それなりの工夫や努力をするものです。でも、あまり恥ずかしいと思わなければ、同じことが繰り返されます。ゲンパツの事故も同じです。山や川が未来にわたるまで汚されても、そのことを恥ずかしいと思わなければ、うわべの反省で終わってしまうのです」

「それなら、恥だと感じない方が、気楽で強いですね」

「そうだとも言えますね。すべての突き上げを気にしていたらやってられませんので、鈍感であることは大人の強さの秘密なのかもしれません。ただ、本人が美意識や理想に縛られるタイプだとそうはいきません。こうありたいと思う自分と、現実の自分とのギャップに苦しむことになります。きっとあなたは、立派なイノシシになりたいのでしょう」

「はい。強くて、モテモテのイノシシになりたかったのです。でも、今は自信がありません」

「しかたないですよ。まだあなたは子どもなのです。あなたの体にウリのような模様があるのは、まだあなたが弱い存在だからです。敵に見つからないよう、草の間にうまく隠れることができますようにと、大いなる力からのご配慮なのです。しかしあなたはすでに、大人になった自分を想像していた」

「はい。ヌタ場で脚をおっ広げて泥浴びできる立派なイノシシが理想でした……」

「しかし今のあなたは違う。だから切ないのです。ただ、その苦痛は大事ですよ。なぜなら、自分自身であろうとしてもがき続けることが、本当のあなたと出会う道のりになるからです。あなたは自我の芽生えから始まる苦しみの青年期……Sturm und Drang《シュトゥルム・ウント・ドラング》……疾風怒濤《しっぷうどとう》の季節に入ったのです」

ゲーテもシラーも苦しんだのです、とつぶやくと、夜の風は木々の間を縫うように巡り、ビューッと躍って去っていきました。ウリ坊には少々難しい話でしたが、それでも風が言わんとすることはなんとなくわかったような気がしました。

人間に助けられたことは、イノシシにとって恥かもしれない。だけど、問題はそこではなかった。強く雄々しいイノシシという未来像と、今のぼくが違いすぎることだ。つまり、今のぼくは、ぼく自身であることが苦しいんだ。ウリ坊であることが恥ずかしいんだ。ああ、早く体のウリ模様を消してしまいたい！

もうこうなったら、形から入るしかありません。ウリ坊は大人の真似をして自分を鍛えていこうと決意しました。そこでまず、大人のイノシシの条件を考えてみたのです。

1、大人にはウリの模様がない。

2、大人はヌタ場でヌタヌタできる。

3、大人は考える前に体当たりできる。
4、大人は鼻先で地球の反対側まで穴が掘れる。
5、大人は恋をする。うしし。

翌朝から大人のイノシシになるためのウリ坊の訓練が始まりました。イノシシは地中にあるヤマイモやタケノコを掘り返して食べます。スコップも持っていないのにそんなことができるのは、顔面、首回り、両肩の筋肉が異様に発達しているからです。土を掘るのも、人間が手作りした柵を持ちあげて壊すのも、鼻先でやるのです。農作物の被害があとを絶たないのは、イノシシの賢さとこの強靱《きょうじん》な肉体のせいなのです。

ウリ坊は朝昼晩、筋トレに励みました。倒木を鼻で転がし、持ちあげ、吹っ飛ばす訓練です。最初はツツジやアセビなどの灌木で鍛えていたのですが、次第に力がついてきて、一抱えもあるブナの倒木を鼻でぶっ飛ばせるようになりました。

肩や背中の筋肉がグッと盛りあがってきたウリ坊は、続いて社交界デビューを目指しました。ヌタ場での泥浴びです。

ヌタ場は、漢字で沼田場と書きます。湖沼の岸辺や湿地、休耕田など、泥でドロドロになっている場所がよいのです。イノシシやシカなどは、体についたダニなどを取るために全身を泥に浸らせ、「あー、気持ちええなあ」とヌタヌタ転げ回るのです。動物たちが泥浴びをするこの様子が、「ヌタうちまわる」から転じて「のたうちまわる」という言葉になったという説があります。いずれにしましても、この物語の冒頭で恥ずかしさのためにのたうちまわっていたウリ坊は、本当の泥のなかでヌタうちまわるようになったのです。ただし、ヌタ場のまん中ではありません。はずれたところでです。

泥が豊富なよい場所は、強くて怖そうな大人のイノシシたちに占拠されていました。全身が剛毛に包まれた大人たちは、大胆に脚をおっ広げて泥浴びをしているのです。近づこうものなら、頭突きをくらうこと必至です。ウリ坊は、大人たちを刺激しないように距離を取り、それでいて精いっぱいのツッパリを見せました。ウリ坊もまた大人たちと同じスタイルで脚をおっ広げたのです。このあたりの緊迫感というのは、そのスジのパンチパーマのみなさんが仕切っていらっしゃるサウナの端っこで、腕組みをして宙をにらみつけている丸刈りの中学生を想像していただければ、雰囲気だけは伝わるかと思います。

こうした涙ぐましい努力の果て、ウリ坊はある日ヌタ場で泥浴びをしていた年上のメスのイノシシにささやかれたのです。

「あんた、なかなかいいねえ。いかしてるぅ」

メスのイノシシの目には、なにか意味ありげな光が宿っていました。わおっ！　と叫びたい気分でウリ坊は川沿いの草むらを走りだしました。どこまでも駆けていけそうな気分です。ウリ坊はそこで初めて気づいたのです。川辺の水たまりに自分の姿が映っていました。なんと、ウリ坊はもう、ウリ坊ではなくなっていたのです。ウリの模様が消え、褐色の剛毛が背中を覆っているではないですか。

「ぼく、大人になったんだね！」

待ちに待ったその日が来たのです。彼は森に戻り、話し相手だったアリたちに吉報を伝えようとしました。しかし、アリたちはいくら呼びかけても返事をしてくれません。ただ無言で行列を作り、地面を這うだけです。彼はまた、カラスの兄さんにも話しかけてみました。結果は同じでした。カアッと鳴いてはくれるのですが、兄さんの言葉はまったく聞き取れないのです。彼は陽が沈むのを待ち、夜の風にも声をかけてみました。風は押し黙ったままです。木々を吹き抜けていくだけです。

大人のイノシシとなった彼は、夜の森の底でうずくまりました。なにか、とてつもなく貴いものが失われたのです。その代わりに、穴のような暗い夜空が頭上を覆っていました。

自分が変われば、世界も変わる。もはや大いなる力の庇護《ひご》は見こめない。彼は大人になるのと引き換えに、この巨大な暗いものと向かい合っていかなければいけない日々が始まったことを知ったのでした。

第10話

絶滅危惧種

アホウドリ

南半球に18種、北半球に3種のアホウドリ科鳥類が確認されている。最大種はワタリアホウドリで、翼開長は3メートルを超える。日本近海を繁殖地とするアホウドリは乱獲により激減、1949年に絶滅宣言が出されたが、1951年に伊豆諸島の鳥島で10羽が確認され、その後徐々に個体数を回復。現在では推定6千羽を超える（環境省）。他に、尖閣諸島でも繁殖が見られる。気流を利用し滑空することで長距離を飛ぶ。

パロルが卵から孵ったとき、母鳥はすでに六十代の半ばでした。アホウドリの一族は翼を広げると二メートルから三メートルにもなろうという世界最大級の鳥類ですが、命もまたびっくりするほど長いのです。長寿とされるツルだってかないません。

ただ、もちろん老いはやってきます。抱卵後もじっくり子どもを育てる習性があるアホウドリです。しかも太平洋を越える厳しい旅を毎年繰り返すのですから、体への影響は避けられません。母鳥の胴を覆う羽毛は荒れ地のように剝《は》げ、艶を失った翼はボロ布のようにくたびれていました。

おまけに母鳥は、パロルが生まれる前に連れ合いを失っていたのです。嵐の夜に、夫は岩場から海へと落ちていき、そのまま戻ってきませんでした。長い年月をともに暮らしてきた夫です。老いは相当なものでした。「もうそろそろ、渡りも難しくなるね」などと話し合っていたところにこの別離がやってきたのです。アホウドリの夫婦は一度つがいになると生涯離れません。夫を失った以上、母鳥はこれから一羽で生きていくしかないのです。卵ももう産めません。命がけの子育ては、パロルが最後になります。

母鳥は強い風が吹いたり、ヒナを一飲みにするトウゾクカモメが近づいてきたりするたびに、ボロボロの翼で幼いパロルを抱きしめました。こんなときは、この末っ子に外からの脅威や恐怖を感じさせないよう、アホウドリの言葉でお話をするのです。たとえば、延べ六十回にも及ぶ子育てを通じて、子どもが自信をもって生きていくために必要だと思われる心得を語ります。

「いい、坊や。私たちの姿形は似通っているけれど、みんな違うアホウドリなのよ。それぞれ得意なことがあるの。あなたもそれを探しだして、大事にするのよ」

「得意って、どういうこと？」と、パロルは大きな瞳で母鳥を見つめました。

「そうね。坊やより四十六歳上のお兄さんは、上昇気流を探すのがだれよりも早かった。わずかな気流を見つけては、まーるく螺旋《らせん》を描くように飛んで、高いところまでみんなを導いたものよ。そういうのを得意というの。その代わり」

「その代わり？」

パロルは薄紅《うすべに》色のくちばしをあけ、首を傾《かし》げました。

「あのお兄さんは、着地がだれよりも下手だったわ。いつも墜落しているようなものだったから、傷だらけだった。あの子は今、どこでどうしているかしらね」

「他には、みんなどんなことが得意なの？」

「そうね。坊やより三十二歳上のお姉さんは、だれよりもイワシの群れを見つけるのが得意だったわ。波が立って海が騒いでいるようなときも、まず間違えずにイワシのお祭り騒ぎを見つけたものよ。みんなは、あの子のあとに続いて海に飛びこんだものだったわ」

「他には？　お母さん」

「そうねえ。たとえば私は、飛ぶことも、魚の群れを見つけることも得意ではなかったの。でも、こんなにも長きにわたって子どもを産み、育てることができた。これはこれで私の命の味わいというものね。そして坊や、あなたは私の最後の子、六十羽兄弟の末っ子としてこの世に生まれてくれた」

　母鳥は翼でパロルを引き寄せました。パロルはうれしくて、胸のなかにたくさんの温かいものがあふれました。その体温の種のようなものが咽まで上がってきて言葉となり、自然とくちばしを衝《つ》いて出てくるのです。

「お母さん、ずっと僕のそばにいてね。波を割る磯のように強く、海から立ち上がる入道雲のようにまぶしいままで」

　まあ、と驚いた表情で母鳥は幼いパロルの顔を見つめました。そんなことを言いだす子どもは初めてだったからです。

　実は、パロルをパロルと名づけたのは母鳥ではなく、人間でした。絶滅危惧種であるアホウドリの保護と研究のため、繁殖地の島に滞在していた学者たちです。彼らは、アホウドリを一瞬捕らえては、その脚に足環《あしわ》をつけます。足環には捕らえたときの年月日や場所などが刻印されているので、遠く離れたところでも同じ個体が確認されれば、そのアホウドリの渡りのコースが解明されます。世界中で調査を続けることで、個々の出産回数や寿命もわかります。パロルの母親が六十余年生きているとわかったのも、足環の記録からでした。

学者たちはアホウドリたちに足環だけではなく、名前もつけていました。パロルの母親が言うように、外見は似たり寄ったりでも、その行動や性格に注目すれば、それぞれの特徴が窺えます。やたら海面に飛びこむオスは「ジャンプ」、学者たちに親しげなメスは「メート」、いつも一羽で風に向かって立つ老いたオスは「チョウロウ」といった具合です。

パロルはやはりそのおしゃべりが学者たちの目を引きました。母親の翼の庇護から離れ、青年となった彼は、おしゃべりにより多くの時間を費やすようになりました。雲を見ては滔々《とうとう》となにかを語ります。潮溜まりを泳ぐクマノミの子どもたちに向けてもなにやらずっとしゃべっています。学者たちからは、彼がたくさんの言葉を操る詩人のようなアホウドリに見えたのです。それで、詩の王国とも言われるフランスの言葉で、まさにその「言葉」を表す「Parole（パロル）」と名づけられてしまったのです。

学者たちの見立ては正解でした。パロルが岩場に立ってしゃべりだすと、他のアホウドリたちが集まってきます。つまらなそうにすぐ去っていくアホウドリもいますが、なかにはじっと聞き入る者もいました。人間には理解できないアホウドリの言葉で、パロルはこんなことを語っていたのです。

「おお、仲間たちよ、沖合を見ろ。何万ものダイオウイカが飛翔し始めたかのごとく、水平線上に巨大な雲がそびえ立っている。あの雲は笑っているのか、怒っているのか。いや、たとえあれが下向きの強烈な風を放つ忿怒《ふんぬ》の雲だとしても、その輪郭を光らせる太陽の意欲を、青空は歓迎して通してやっている。空にはなにものかを閉ざす門はない。サンゴ礁の向こうの青い深淵よりも、もっと深い青空の底には、ただただ意思と力を受け入れる自由があるのみだ！」

パロルがしゃべり終わるたびに、まわりのアホウドリたちは大きな翼を広げ、気に入っているぞという意思表示をしました。その光景が気持ちよく、パロルは再び、「おお、仲間たちよ！」と語りかけてしまうのです。

そんなパロルを、老いた母鳥は温かく見守っていました。育児経験が超豊富な母鳥の目から見て、パロルはなにもかもがいま一つのアホウドリでした。風を捉えてうまく飛ぶことも、転ばずに着地することも、イワシやイカの群れを見つけることも不得手だったのです。しかし、しゃべることだけは群を抜いていました。言葉に堪能であることがアホウドリにとってどれだけ得になるのか、それは母鳥にはわかりません。しかし、それが末っ子の特徴である以上、伸ばしてやりたいと思うのが親の情というものでした。だから母鳥は、できるだけ時間を見つけては、パロルと話をしたのです。

「母さん、ご覧よ。まるでウミガメの子が並んで歩いているような小さな雲の群れがやってくるよ」

「おや、本当だ。あなたはたとえることが上手ね。ところであなたが言うウミガメの子は、アカウミガメの子？　アオウミガメの子？　それもオサガメの子？」

ウミガメの種類を覚えて欲しくて母鳥はこんな問い方をしたのですが、パロルは間髪を入れずに答えました。

「アオウミガメの子だよ。僕にはそれぞれの違いがわかる」

「えらい！　違いがわかるからこそ、名前を覚えることができるのよね」

「え、母さん、どういうこと？」

「区別がつかない者には、アクアマリンもターコイズもただの青い石でしかない。同じく、ワタリアホウドリもコアホウドリもクロアシアホウドリも、ただのアホウドリでしかないの。名前は、違いがわかるところから生まれるのよ。あなたが雲に対して様々な形容ができるのも、それぞれの雲の差異がわかるから」

「それなら、母さん。僕たち一族はなんでアホウドリと呼ばれるの？」

どの子どもからも一度は質問されたことでした。これまで母鳥は「なぜかしらね？」とごまかしてきたのですが、パロルに対してはきっちり答えなければいけないと思いました。

「それはね、私たちを捕まえやすかったからよ。かつて私たち一族は、太平洋のあらゆる島々で暮らしていたの。ただ、逃げることを知らないので、人間に簡単に捕らえられてしまったのよ。この足環をつけられたときのように」

母鳥は自分の脚をパロルにぐっと見せつけました。

「あれ？　僕の脚にも同じリングがついているけれど」

「今近づいてくる人間は、私たちの敵ではないわ。でも、昔はそうではなかった。私たちの羽毛や肉が欲しくて、彼らは大虐殺を行った。そうしていつのまにか、私たちは絶滅寸前の鳥になってしまったのよ。図体ばかり大きくて逃げることを知らない。飛ぶのは得意だけれど、着地は下手。そんな私たち一族を見て、人間はバカにしたのよ。こいつらはアホウだって。それでこの島国では、私たち一族をアホウドリと呼ぶようになったのね」

母鳥の話を聞いているうちに、パロルの胸のなかに、ムカムカする小さな雲のようなものが湧いてきました。逃げるのが下手なのではない。僕たちはただ、相手を信用しているだけだ。みんな友達だと思っているから、逃げなかっただけだと思ったのです。

こうして、母鳥とパロルは言葉の秘密を巡る話をしながら最後の時間をともにしました。そうです。母鳥がこの世から去るときが来たのです。それは、島国の南の小さな島から、遠いベーリング海への渡りの途中でした。アホウドリの親は夏になると、子どもたちを残したまま北の海へと飛んでいきます。でも、パロルは母鳥のそばにいたかったので、初めての旅をすることにしたのです。母鳥にとっては、これが最後の旅でした。いえ、母鳥は飛びきれなかったのです。この親子は飛行中、低気圧から延びる前線に入りこんでしまったからです。見えない壁が次から次へと立ちはだかるかのように、激しい風がパロルと母鳥に襲いかかりました。母鳥は高度を保てなくなり、徐々に落ちていきました。

「母さん！」

パロルは母鳥の真横を飛びながら、元気づけようと声をかけました。でも、母鳥の翼は大きくぶれます。気流に乗って滑空することがもはやできなくなっていたのです。

「坊や、私をおいて、あなたは最後まで飛びきりなさい」

「いやだ、母さん！」

ついに母鳥は、荒れる海に落ちてしまいました。パロルもすぐそばに着水しました。

「母さん、がんばって！」

「もう、いいのよ。私は充分に生きました。あなたは、だれよりも見聞を広げなさい。それを言葉に変えなさい」

これが母鳥の最後の言葉でした。うねりが白く噴きあがった瞬間、大きなシュモクザメが現れ、母鳥をくわえて潜っていってしまったのです。

「母さん！」

パロルは波間でもがきながら、絶叫しました。しかしもう母鳥の姿は見当たりません。見えるのは、自分に近づいてくる数匹のサメの背びれでした。おお！　と悲嘆の声をあげながら、パロルは飛びあがりました。そしてしばらくの間、母鳥を失ったその海域の上空をぐるぐると回っていたのです。

割れてしまった流れ星のように、パロルの心は砕けました。難しい言葉で表すなら、茫然自失の状態です。それでも滑空を続けたのは、おしゃべりな自分を理解してくれようとした母鳥が、「最後まで飛びきりなさい」と言ったからです。

パロルはやがて、通常のアホウドリが渡りで辿る北の海へのコースをはずれました。パロルは深い悲しみに包まれながらも、ずっと透明な母鳥と飛んでいたのです。そこで母鳥のこんな言葉を思い出したのです。

「あなたが一度も会ったことがないお父さんはね、変わったアホウドリだったわよ。渡りのとき、自分たちは南北を往復するだけだ。一羽くらい、東西に飛んで地球を一周する真のアホウがいてもよさそうなものだ、なんていつも言っていたの。きっと自分がやってみたかったのね」

荒れる気流に翼を任せながら、パロルは思いました。会ったことのない父さんがやってみたかったというその飛行を、僕が実現してみせよう。母さんは、「だれよりも見聞を広げなさい」と言ってくれたのだから。

パロルは西から吹きつける風に乗り、北太平洋をひたすら東へと飛びました。お腹のすく長い旅ではありましたが、イワシやイカの群れを見つけては着水し、お腹いっぱいに食べました。そして旅を続けるうち、とうとう、北米大陸の西海岸へと達したのです。パロルが初めて見る都市がそこにありました。ビルが立ち並び、たくさんの車が走っています。人間という動物はすごいものだなとパロルは感心しました。

「おお！　大雨を降らす邪悪な渦巻き雲でさえ、人間たちの高い塔の前では非力を認め、這いつくばることしかできないだろう。さしずめあそこの高い塔などは、雲を串刺しにする巨大な柱状玄武岩のようだ！」

空はスモッグで濁っていましたが、パロルは人間に対して畏怖《いふ》の念を抱きながら滑空を続けました。慣れない川魚を食べ、砂漠を越え、ワニが棲息する湖沼で休み、北米大陸を海岸線に沿って北東方面に進みました。すると、西海岸で見た都市よりも、さらに背の高いビルが林立する摩天楼の街に出くわしたのです。どの塔も、星たちが気づいて警戒する高さだとパロルは驚愕しました。しかもその摩天楼の街のそばには、これまで一度も見たことがない大きな女性が立っている島がありました。パロルはビルと変わらない高さの、緑青《ろくしょう》色の女性のまわりをぐるりと飛びました。女性は七つの突起がある冠をかぶり、右手には松明《たいまつ》を高く掲げ持っています。

「人間よ！　あなたたちは本当に素晴らしい！　確かに滑空することしかできない僕ら一族は、あなたたちに比べればアホウかもしれませんね。巨大なあなたの佇まいからも、なにか高貴な威厳のようなものを感じます！」

見聞を広げる旅に出て本当によかった、これからは人間にも言葉を届けようとパロルは思いました。しかし、その気持ちはそこから先の旅ですっかり萎えてしまいました。大西洋を越え、ヨーロッパの街々も飛び越え、黒海沿岸の地に差しかかってから、パロルは目撃したのです。

パロルは初めて、爆発というものを見ました。どこからか飛んできたミサイルが、人間の住む街で炸裂《さくれつ》したのです。

パロルは肝を冷やし、うまく飛べなくなりました。息も切れてきたので、丘の上のクルミの木に留まりました。すると、怪物のようなジェット戦闘機が轟音《ごうおん》とともに現れ、人間が住む街に向けてまたミサイルを放ったのです。爆発の光とともに人間たちが飛び散るのが見えました。

「なんということを！」

震える翼で羽ばたきながら、パロルはその丘から逃げ出そうとしました。するとすぐ眼下で、バンバン！　と音がしだしたのです。銃を構えた人間の兵士が、あたりかまわず撃っています。街の方からも撃ち返しているようでしたが、パロルが「ああっ！」と声をあげたのは、子どもを連れた母親が砂煙のなかに倒れこんだ瞬間でした。

パロルはそのとき、人間がどのような生き物であるかを理解したのです。彼らは敵を作って生きていく動物なのではないか。空から見ればどこにも線など引いてないのに、分け合うことを知らない。高い塔を建てたがるのも、同じ人間同士で競い合っているからだ。敵に負けたくない一心で、人間たちは街を作り、武器を作り、殺し合いをしてきたのだ。

撃たれた親子は荒れ地に倒れたままです。その上をまたミサイルが飛んでいきます。爆音と閃光《せんこう》から逃れながら、パロルの頭には、火に包まれた一つの星が浮かびました。直感的にパロルはこう思ったのです。

もし人間たちが、敵を作り、競い合うことをやめないのであれば、この星はいずれ最期《さいご》を迎えるだろう。パロルは爆煙が棚引く空を飛びながら、思わず叫んでいました。

「アホウはお前らだ！　真の絶滅を呼びこむ動物よ！」

もちろん、敵を持たない穏やかな鳥をバカにしてきた人間には、この声は届きませんでした。

第11話

スローな微笑み

ナマケモノ

南アメリカ、中央アメリカの熱帯雨林に棲息する。前脚（腕）の爪の本数によりミユビナマケモノ科とフタユビナマケモノ科に分かれる。体長は40～70センチほど。葉、新芽、自毛に生えた苔や藻を食す。群れを作らず個体で生きるが、機敏に動けないため、肉食獣や猛禽類に発見されるとほぼ捕食されてしまう。基礎代謝量が非常に低く、哺乳類ではあるが変温動物である。排泄行為以外、生涯を樹上で暮らす。

アマゾン河流域の熱帯雨林に夕暮れが近づいていました。朱《あか》や橙がきらめく大空の下、小鳥たちのさえずりは無限に重なり合い、まるでジャングルそのものが歌っているかのように響き渡っていきます。高い木の上では、お酒に酔っぱらった大男を思わせる声で、ホエザルが演説をしていました。そこに合いの手を入れるのは、オレンジ色の長いくちばしを金管楽器に変えたオニオオハシという鳥です。積もった木の葉の下からは、太鼓を打つようなアマゾンツノガエルの野太い声も聞こえてきます。一方、暗い茂みの奥には、得体の知れないうなり声がありました。いったいだれでしょうか。

ジャングルではこのようにして、常にだれかが歌ったり語ったり吠えたりしているのです。しかし、なかにはじっと息をひそめて、周囲の音を受け止めるだけの生き物もいました。

ナマケモノのスロー君がそうです。彼は苔《こけ》むしたぼんぼりのような物体となって木の枝からぶら下がり、ひたすら沈黙を守っているのでした。

なぜ彼の名前がスロー君なのか？　それはみなさんもご存知の通り、ナマケモノは本当にゆっくりとしか動けないからです。英語でも、この生き物はSloth（スロース）と呼ばれています。語源はやはりSlow（スロー）なのでしょう。

スロー君は、腕の先から伸びた三本の爪を木の枝に引っかけ、脚の間に頭を入れて丸まっていました。スロー君にとっては、これが一番楽な姿勢なのです。この格好をしているときはピクリとも動きません。ナマケモノというよりも、ウゴカナイモノとしてそこに在るのです。いえ、周囲の生き物たちの歌は聞こえていますから、ただウケトメルモノとしてぶら下がっているのかもしれません。

「やあ」

あまりに動かないため、体を覆う長い毛に苔や藻が生えてしまったスロー君です。彼に話しかけたのは、その長い毛の奥から這い出てきた一匹のガでした。なかば植物と化してしまったようなナマケモノの毛と体皮は、鳥を恐れる臆病な昆虫たちのねぐらになっているのです。メイガの一種であるこの小さなガも、スロー君の体を、自分の身を隠すジャングルとして使っていました。

「やあ」

スロー君は遅れて返事をしました。といっても、口で応答したわけではありません。気が遠くなるほどの大昔から仲が良かったナマケモノとメイガは、話さずとも互いの心でやりとりができるのです。

「オウギワシの羽ばたきが二度も聞こえたよ。気をつけた方がいい」

翼を広げると二メートルにもなるオウギワシは、ナマケモノたちの天敵でした。鋭い鉤爪《かぎづめ》でつかまれたら、もう逃げられません。ガはもう一つ忠告をしました。

「茂みの奥から、ジャガーのうなり声も聞こえた。下に降りるんじゃないよ」

スロー君はしばらくしてから、「そうだね」と胸のなかで答えました。

「そうやってじっとしていれば、オウギワシは君がいることに気づかない。太陽があと七回沈んでも、とにかく動かず、じっとしているんだ」

「うん」

ガはスロー君の背中の毛の先を離れ、あたりを偵察するかのように木の枝のまわりを飛びました。仲間のガも次々と毛の奥から這い出してきます。すぐにまたスロー君の体に戻ってくるガたちでしたが、夕陽を浴びながら群れて舞うその姿は、熱帯雨林に降る幻の粉雪のようでした。

スロー君は脚の間にあった頭をゆっくりと起こし、これまたゆっくりと目をあけて、ガたちの乱舞を見ました。そしてナマケモノが本来持っている感性で、今この時間を君たちと共有しているよという合図をガたちに送ったのです。それは、体のなかから湧きあがってきた自然な感情であり、その結果として表れた柔らかな微笑みでした。

「うん、わかったよ。太陽があと七回沈んでもボクは動かない。だけど、トイレに行きたくなったら行くね」

満面の笑みをガたちに捧げながら、最後にトイレに行ったのはいつだったたっけと、スロー君はしばし考えました。

ナマケモノが木の枝にぶら下がっていて、なにもかもゆっくりとしか動けない理由の一つは、食べ物から得るエネルギー量が異様なまでにすくないことです。一日に食べるのは、ひとつかみの葉っぱと自分の体の毛に生えた苔や藻だけです。そのわずかな食事で生きることのすべてをやり抜かなければならないので、普通の動物のように敏捷《びんしょう》には動けないのです。このエネルギー不足は深刻でした。体温を保つこともできません。ジャングルの気温に合わせて、スロー君の体温は上がったり下がったりします。哺乳類であるにもかかわらず、スロー君たちは変温動物なのです。

そんなふうですから、トイレに行くのはいつも久しぶりなのです。前回いつ行ったのか忘れてしまうのも無理はありません。

でも、ナマケモノがなにも考えていないかというと、そんなことはありません。この日、太陽が沈んで暗くなってから、スロー君はジャングルの真上に輝く天の川を見ながら、もう一度逢いたい彼女のことを思っていました。

アマゾンでは上流で大雨が降ると、一気に水かさが増すことがあります。いきなりの洪水です。たいていの動物たちは命の危機を察知して樹上や高台に逃げていきますが、ナマケモノはゆっくりとしか動けませんから、たまたまトイレに行くために木から降りていたり、あるいは木の枝に戻ろうと幹を登っている途中であったりすると、そのまま水にのまれてしまうのです。

ただ、心配はいりません。地面を這って歩くときは生き物とは思えないほど超スローモーなのに、一度水に浸かってしまうとスロー君たちはけっこう器用に泳ぐのです。

なぜなら、ナマケモノは絶対に水に浮くからです。食べた葉っぱが発酵するので、お腹にガスが溜まり、腸が浮き輪のようにふくらんでいるのです。むしろ、浮き輪に毛が生え、手足と笑顔をつければナマケモノという生き物になると思ってもかまわないくらいです。

スロー君が彼女と出会ったのは、まさに彼が大水で流されている最中でした。腕で舵を取りながらぷかぷか浮いていると、彼女もまた楽しそうに流されてきたのでした。

「やあ」

スロー君が微笑みかけると、彼女も「やあ」と笑顔を返してきました。互いにぷかぷかと浮き、ときには水の渦に巻かれてくるりと回りながら、「やあ」「やあ」と心で声を掛け合ったのです。そのとき、スロー君は確信しました。彼女こそが自分にとっての運命のナマケモノに違いないと。

ところが彼女は、スロー君が水から這いあがった場所よりすこし上流で見えなくなりました。二匹並んでぷかぷか浮いていたのに、彼女はなぜか別の水の流れに乗り、岸辺の茂みの方へと消えていったのです。

水に沈まないのですから、彼女は助かったに違いありません。でも、彼女が今どこで暮らしているのか、スロー君にはそれがわからないのです。たかだか数百メートルの距離だとしても、枝にぶら下がったままのナマケモノたちにとっては途方もない遠距離恋愛になるのです。

ああ、逢いたい。彼女に逢いたい。

スロー君は、微笑む彼女の表情を天の川に重ねながら、胸に湧く強い気持ちに陶然となりました。ときめきというやつです。ナマケモノはデートも出産も子育ても、すべて木の枝にぶら下がったままやるのです。恋愛も結婚も、愛の生活は樹上にあるのです。地面にあるのはトイレだけなのです。

ああ、彼女と樹上で添い遂げたい！

スロー君は彼女に逢いたいと強く欲しました。同時に、大きな不安も抱えていました。それは、「ボクが彼女に逢いたいと思うほど、彼女はボクに逢いたいとは思っていないかもしれない」というものでした。

まあ、ありがちな悩みよねと、みなさんは今ウフフと笑ったかもしれません。恋する者は常に、相手が同じ気持ちかどうかを考えて眠れない夜を過ごすものだからです。

でも、スロー君の悩みは、私たち人間が恋の最中に感じるその焦燥感とは少々違っていました。なぜならその悩みは、ウケトメル生き物としての、より根源的な哲学の問いかけから来ていたのです。

「彼女とボクは同じ世界を見ているのだろうか。いや、それ以前に、自分がこの世を見ているという認識は、確かなできごとなのだろうか?」

スロー君は知っていました。自分がジャングルのなかで一番スローモーであることを。自分に比べれば、クモザルの群れの移動は、音速のごとくキレキレでした。空を飛ぶ鳥たちもそうです。翼の羽ばたきが樹上をかすめるとき、その鳥を目で追うことはできないのです。ヤブイヌを追ってピューマが駆けていくところなんか、「あっ!」と思ったときにはもう生死のドラマはすべて終わっているのです。

ぶら下がる木の枝が目の前にあるということ。この認識には自信がありました。実際に触って、感じることができるからです。しかし、他の動物たちは別の時間のなかで生きているようで、とても同じ認識をもってこの世を捉えている仲間たちだとは思えないのです。

すると、もっと不可解な感覚にスロー君は支配されてしまうのです。それぞれがそれぞれの時間で勝手な世界を認識しているなら、本当のものなんてありやしない。ジャングルがここにあるということ。たくさんの生き物たちが暮らしているということ。夜空を天の川が貫き、無数の星が輝いているということ。こうした森羅万象《しんらばんしょう》でさえ、現実に起きていることかどうかわからないと考えてしまうのです。

「ひょっとしたら、ボクという心がただ一つあって、夢を見ているだけではないのか？　彼女の微笑みは、本当に実在したのだろうか」

こうなると、いくら考えても答えは見出《みいだ》せません。木の枝に触れている感覚だって、幻かもしれないのです。自分の意識の外側にある物事の道理をどう並べたところで、不意に出現するこの不安定な感覚には立ち向かうことができません。

「ああ、いっさいがわからない」

スロー君の爪の先がゆっくりと動きました。謎が頭のなかで渦巻く状態になると、さすがにじっとしていられません。こんなときのためのトイレなのです。もよおしているのか、もよおしていないのかもよくわかりませんでしたが、スロー君はオオナメクジが這うようなじれったい速度で、枝を移動しだしたのです。ガが背中の毛の奥から這い出してきました。

「トイレに行くのかい？」

しばし遅れて、スロー君は「やあ」と答えました。

「太陽が七回沈んでもじっと動かないって約束したのに」

ガは心配そうに、スロー君のまわりを飛びます。

「下に降りたときには、もう陽が昇っているよ。ジャガーに見つかるかもしれない」

スロー君はなにも言わず、宙を舞うガに向かって微笑みかけました。

それにしても、枝を伝うスロー君の動きのなんと遅いことでしょう。本当に動作が緩慢なのです。枝から幹に移り、ようやく地面が近づいてきたときには、もうすっかり陽が昇っていました。

「気をつけてね。早く済ませるんだよ」

ガに言われるまでもなく、ジャガーやピューマが茂みに隠れていないか、スロー君は首をぐるりと回してあたりを窺いました。ナマケモノはエネルギー節約のため、体をひねらなくても背中側の葉っぱが食べられるように、首だけで真後ろを向くことができるのです。

大丈夫そうだと思ったスロー君は、地面に降り、お尻を擦りつけるようにして尻尾で穴を掘りました。そしてそこにゆっくりとお宝をしぼりだしたのです。実に、十日ぶりのトイレでした。お宝からは湯気が上がっています。

さあ、戻らなければ。お宝の香りに猛獣たちが気づけば、彼らは一目散にやってきます。

スロー君は全力で木の幹を登りだしました。人間から見れば、「ふざけてんのかい」と茶々を入れたくなるような緩慢な動作ですが、本人は確かに全力なのです。もし今ジャガーがやってきたら、軽い跳躍一発で仕留められてしまうことでしょう。スロー君にとって、トイレはいつも命がけの行為なのです。でも、そうせざるを得ない事情がありました。

ほら、スロー君の毛を伝って、たくさんのガたちが這い出てきました。ガたちは宙を舞うと、木の幹を包むように飛び交いながら下に降りていき、スロー君のお宝にみんなで仲良く止まったのです。これは産卵のためでした。ここで生まれたガの子どもたちは、スロー君のお宝を餌にしてぷりぷりと育つのです。そして、ガとして飛べるようになると、スロー君の毛のなかへと戻っていくのです。このときに、ガたちは地面に生えている苔や藻の最初のひとかけらをスロー君にプレゼントします。葉っぱだけでは生きていけないスロー君は、こうして食べ物を自分の体で増やしていくのです。

「ジャガーが近づいてくる!」

ガの警告が耳に入った瞬間、木の幹のそばに黒い影が現れました。背中の筋肉がたくましい大きなジャガーです。スロー君はまだ木の高いところには達していなかったので、見つかったら一巻の終わりです。

「早く登って!」

焦ったガは弧を描いて飛び回りましたが、スロー君は固まったように動かなくなりました。下から見れば、木のこぶのようにしか見えないでしょう。ナマケモノにとっては、これが身を守るための唯一の方法なのです。動かないからこそ、この生き物は種を存続させることができたのです。ジャガーは木のまわりをうろついていましたが、低いうなり声を残して茂みのなかへと戻っていきました。

「よかった。気づかれなかったようだね」

ガの安堵の声を聞き、スロー君はいささか引きつりながらも微笑みを返しました。

「ボクは動けないから、なにもできないから、こうして何万年も生きてこられたんだね」

スロー君の心のつぶやきに、ガが「何万年？」と聞き返しました。

「このジャングルを認識しているボクは、ボクという命だけにかかわる問題ではなく、もっと大きな、とてつもない仕かけのなかにずっといるような気がするんだ」

なにを言われたのかわからず、ガはスロー君の背中の毛に止まりました。そのときでした。スロー君の目が別の木の枝に向かいました。そこには一匹のナマケモノがいました。枝にぶら下がって、こちらを見ています。

ああ、彼女だ！

スロー君の胸のなかで、陽光よりも鮮やかなものが弾けました。それはスロー君の本能さえも超えたときめきというものでした。スロー君は木の幹につかまったまま、彼女に向かって片腕を挙げました。おーい、ここにボクがいるよと、全力で合図を送ったのです。

「ダメだよ。危ない！」

ガの叫び声と同時に、シュッと風を切る音がしました。あたりは暗くなり、スロー君の首と肩を鋭い鉤爪がつかんでいました。悲鳴をあげることもできません。巨大なオウギワシがスロー君に襲いかかったのです。

一瞬にして、スロー君は木の幹から引きはがされていました。もはや、ガたちの声も聞こえません。彼女の姿も見えません。慣れ親しんだ木々が遠ざかっていきます。オウギワシの翼が風を切る音を聞きながら、スロー君は覚悟しました。

ああ、ボクは食べられてしまうのか。

生まれて初めてジャングルを見下ろしながら、スロー君は夢や幻ではなく、自分が実在した証しを心に残そうと思いました。ウケトメルだけの生き物が、命が消えようとする最後の瞬間に、意識的な努力をしたのです。アマゾンの緑の大陸に向け、彼はあらん限りの力を振り絞り、「やあ」と微笑んでみせたのです。

第12話

最後の思い出

ジャガー

北米大陸の中南部から南米大陸にかけて棲息する大型肉食獣。オスの体長は110〜180センチほど。メスは一回り小さい。ブラジルの森林地帯に棲む個体がもっとも大きい。黄褐色に黒い斑点をちりばめた体表が特徴的だが、全身が黒い個体もおり、俗にブラックジャガーと呼ばれる。哺乳類の獲物以外にも魚やカメ、ワニ、ヘビなどを捕食する。獲物の後頭部にかじりつき、その頭蓋骨を破壊するあごの力を持つ。

月は暗い地平の向こうに沈みましたが、大銀河はなお天を横切り、茫漠とした青白い光の帯がジャングルをぼんやりと浮かびあがらせていました。南米、アマゾンの夜です。際限なく広がっていそうな湿地の沼には、星々のきらめきがそのまま映っています。ランやブロメリアの花の甘い香りをたっぷりと含んだ風が、沼まで降りてきた千々《ちぢ》の光をそっと撫でながら流れていきます。

おや、水面の星々がかすかに揺れました。風のせいでさざ波が起きたのでしょうか。

いえ、あらゆる生き物たちの吐息とつながりながらゆっくりと流れていく今夜の風は、そこまで強くはありません。草一本にお辞儀をさせることもできないのです。では、いったいなにが？

あなたがどれだけ目を凝らしたとしても、暗い水に浸って息をひそめるこの生き物の正体を見破ることはできないでしょう。なぜなら、彼は闇に完全に溶けこんでいたからです。

それは、ジャガーでした。

南米大陸で最大にして最強の肉食獣で、真っ黒なジャガーのオスです。彼は沼から頭だけを出し、抜き足差し足、水のなかを移動しているのでした。

一応、このジャガーに名前をつけておきましょう。ソンブラ（Sombra）君なんていかがですか。ブラジルではみなが話すポルトガル語で、「影」を意味する言葉です。

さて、ソンブラ君が夜中に沼地でなにをしているのかというと、これは「狩り」の準備です。生きているものならなんでも、ときには死んでいるものですら食べてしまうジャガーは、シカやイノシシ、サルなどが水を飲みにくる湿地帯の茂みに身を隠し、いつも獲物を物色しています。ときにはこうして潜水艦のように水のなかに隠れ、夜明けとともに沼に近づいてくる動物たちに不意打ちで襲いかかるのです。

ジャガーの多くは黄褐色の体で、黒く縁取《ふちど》られた花びらのような模様が全身にあります。しかし、ソンブラ君のようなブラックジャガーは頭のてっぺんから尻尾の先までが本当にまっ黒なので、夜陰に乗じた狩りの方が得意なのです。

ソンブラ君は、以前にシカを仕留めたことがあるよどみに身を浸らせ、頭だけを出して水辺を窺っていました。すこしでも動くものがあれば、飛びかかってねじ伏せるためです。

『あのときと同じにやればいい。きっと水を飲むために獲物が近づいてくるはずだ……』

ソンブラ君の頭のなかで、シカ狩りが再現されました。それは過去の思い出の一つであるとともに、繰り返されるたび彼の内側に幾度も傷をつけてきた無残な光景でもありました。

そのシカは沼から飛びかかってきたソンブラ君を避けようとして、身をひねって跳びあがったのです。しかし、ソンブラ君もすでに宙を飛んでいました。無防備に背中を見せてしまったシカの後頭部に、ソンブラ君はいきなり咬みつきました。シカは全身を震わせて叫びました。

「あっ！　やめてちょうだい！」

ソンブラ君はあごにぐっと力を入れました。思わず自分も大声をあげそうになったからです。これはときどきあることでした。彼は獲物の悲鳴を耳にすると、自分もまた叫びたくなるのです。獲物を倒した快感からの反応ではありません。むしろ四肢や胴体にピラーニャたちが食いついたような、ひどい痛みが全身に広がっていく感覚です。だからソンブラ君は、獲物に二度目の悲鳴をあげるチャンスを与えませんでした。

ジャガーの狩りは一撃なのです。大きくて鋭い牙を獲物の頭蓋骨にまで食いこませ、全身の力をかけてガリッと咬むのです。たいていはこれで、相手の頭や首は破壊されます。あとは全力で引き倒すだけです。言葉を発することもなく、獲物はすぐに息絶えます。ただ、そのシカだけは別でした。頭蓋骨を粉砕したはずなのに、シカはもう一声叫んだのです。

「子どもがいるの！」

獲物は母ジカでした。ソンブラ君はあわててその咽にも咬みつきました。相手を窒息させるためです。もがいていた母ジカは半身を水に浸したまま、やがて動かなくなりました。

ソンブラ君は、大きなシカを仕留めたことの興奮で身震いをしました。でも同時に、お腹のなかでシロアリの巣が弾けたようないやな気分も味わっていました。ただの肉に変わってしまった母ジカの胴体に前脚をのせ、彼はしばらく黒い影像のように動きませんでした。

やがてソンブラ君は気づきました。東の空で薄い花びらのような光が広がりだしたとき、木々の間に二頭の仔ジカがいたのです。このチビちゃんたちは倒れてしまった母親と、倒した自分の双方を見ているようでした。

考えるより先に、ソンブラ君は牙をむき出して吠えました。

「お前らも食っちまうぞ！」

仔ジカたちは風に逆らう灌木のように身を硬くしたあと、ポンと跳ねて茂みへと消えていきました。ソンブラ君が二、三度跳躍すれば追いつける距離です。柔らかな若い肉を手に入れる絶好のチャンスでした。でも、ソンブラ君は母ジカの胴体に前脚をかけたまままただじっとしていました。

『なぜ、あのとき、仔ジカたちを襲わなかったのだろう？』

暗い水面で息をこらしながら、ソンブラ君は天上の大銀河を眺めました。星々の無数の連なりから成る青白い大河の光のなか、今はもう会えない母親の黒い顔が浮かびました。

「お前は気が小さい。これからは、獲物の咽ではなく、頭の後ろを狙うんだよ。相手の目を見ずに咬みつくんだ」

ジャガーの子は、生まれてから二年ほどを母親と過ごします。その間、生きていくためのすべての方法を母親から学ぶのです。「相手の目を見るな」と教えられたのは、少年になったソンブラ君が初めてナマケモノを仕留めたときでした。

それまでソンブラ君は、カエルやカメ、ヤブイヌなど、狩りやすい生き物ばかりを狙っていました。ナマケモノもそうしたターゲットの一つです。極めてゆっくりとしか動きませんから、見つけてしまえばこちらのものです。ただ、ナマケモノはたいてい樹上で生活しており、植物の実のようにじっとしているので、発見するチャンスがなかなかないのです。

しかしあるとき、ソンブラ君はセクロピアの幹にしがみついているナマケモノを見つけました。このナマケモノはきっと、地上のトイレから戻るところだったのでしょう。跳躍一発で彼はナマケモノを捕らえました。地面に引きずり落とし、咽にガブリと咬みつこうとしたのです。

すると、予期しないことが起きました。ナマケモノの全身がグニャリと柔らかくなったのです。これは、ナマケモノの本能の為せる業でした。ナマケモノは猛獣や猛禽類に狩られると、捕食される際の痛みを軽減するために全身の力を抜くのです。そして、久しく会っていない友達を見かけたかのような顔で、恐ろしい相手に微笑みかけるのです。

おお！　とソンブラ君は意表を突かれました。でも、勢いがついた自分の動きを止めることはできません。彼はナマケモノの柔らかな眼差しと向かい合ったまま、その咽に食らいついたのです。

その日から、ソンブラ君は元気をなくしました。ナマケモノの肉は自分のお腹のなかに入りましたが、できれば吐き出したい気分でした。最期の瞬間に微笑みをくれたナマケモノがもとの姿に戻れるなら、そうしてやりたかったのです。敵意のかけらも感じられなかったナマケモノの眼差しが、ソンブラ君の内側にあるなにかを射貫き、破壊し、やっかいなことにそこにそのまま棲み着いてしまったのです。

ある夜、木の枝にまたがったままぐったりしているソンブラ君に母親が尋ねました。

「いったいどうしたんだい？」

「母さん、オレはもう狩りができないかもしれないよ。食う前に、ナマケモノの目を見てしまったんだ」

母親はソンブラ君の顔をじっと覗きこみました。

「それなら、死ぬか？」

「え、どうして？」

「狩りができないなら、お前は死ぬしかない」

ソンブラ君は思わず首をすくめました。闇のなかの母親の目の奥に、混じり気のない強い意志を感じたからです。母親の背後にあったケンタウルス座のアルファ星の輝きよりも、それはソンブラ君の胸の内側にまっすぐ届きました。でも、だからといって、ソンブラ君のもやもやした気分が解消されたわけではありませんでした。

母親はしばらく黙っていましたが、星が一つ流れたあとで、再び口を開きました。

「私たちを苦しめるのは、思い出というものだよ」

「思い出？」

「そうさ。思い出がなければどれほど楽なものか」

「だったら、なにも思い出さなければいい」

ふふっと、闇のなかで母親が小さく笑いました。

「そんなことができるかな」

「その方がいいよ。オレはとにかく、ナマケモノの目を思い出したくないんだ」

母親がソンブラ君の頭に前脚でそっと触れました。

「思い出さないなら、ここを失うよ」

「ここ？」

「私はお前たちが生まれたとき、天いっぱいの花びらが降ってきたような気持ちになった。そして、お前たちをワシやヘビから守るために、毎日木の幹で爪を研《と》ごうとも思った。だけど……」

母親はそこで夜空を見上げました。

「あの子を……お前の弟をオウギワシにかっさらわれて失ったときは、この星々の輝きがすべて消えてしまったような気持ちになった。野に咲く花々もみんな萎《しお》れてしまったかのようだった。それは思い出したくないことだよ。でも、思い出さなければ、あの子は本当にいなくなってしまう」

アマゾンの夜空に星がまた一つ降りました。

「お前は生きなければいけないよ」

ソンブラ君は返事ができず、またがっている枝にあごをのせました。母親は再び小さく笑いました。そして、「相手の目を見るな」と狩りの心構えを伝授したのです。

その母親もまた、ソンブラ君にとっては思い出のなかでしかよみがえらない存在となりました。次の出産のために、母親は成長した子どもたちとは必ず別れを選ぶのです。

今、ソンブラ君は独りぼっちでした。オスのジャガーは群れずに単独行動をしますから、それは当たり前なのです。でも、沼から頭だけを出して星空を見つめていると、この広いアマゾンの湿地帯にたった一頭でいることの孤独感のようなものがしみじみと押し寄せてくるのです。そばにいてくれるのは思い出だけでした。

さて、夜明けが近いのでしょうか。

颪がやや強くなってきました。星明かりの下でも草がお辞儀をしだしたのがわかります。木の幹に着生して咲いているブロメリアの細長い花も揺れています。

『花に思い出はあるのだろうか？』

沼に浸ったまま、ソンブラ君はあたりを見回しました。この広大な熱帯雨林を成す木々という生き物。草木という命。無尽蔵なこのものたちに思い出は宿るのか？　続いてソンブラ君は、頭上の星々を見上げ、その一つ一つの光点に胸のなかで問いかけました。

『星よ、お前たちに思い出はあるのか？』

もちろん返事はありません。木々はただ夜風にそよぎ、星々は遥か天上でまたたくだけです。でも、ソンブラ君は思わず声をあげそうになりました。夜明けよりも早く、目には見えない光がソンブラ君の頭のなかを駆け抜けたのです。

『母さんの言った通りだ。一面に花が咲いたような気持ちで湿原を駆け抜けたり、すべての星が落ちてしまったような気分でうなだれたりする日があるのは、積み重なった思い出のせいだ。オレの頭のまん中にあるもの……オレの苦しみも喜びも、すべては思い出があるからだ。それなら、思い出を持たない生き物なら食ってもよかろう。そいつらは、なにが起きても表情一つ変えず、苦しみのたうつことさえしないのだから。獣の温もりも持たず、子育てすらしないのだから』

沼から水辺を凝視しながら、ソンブラ君は狙うべき獲物が替わったことを知りました。運よくその獲物に巡り合えば、相手の目を見て悩むこともなさそうです。だってそいつの目は、シカやサルに比べればうんと小さいのです。しかも表情というものがありません。ナマケモノのように、微笑みの一太刀でソンブラ君を落ちこませることもありません。

おまけに、その獲物を待ち構える場所は、まさにこの沼のなかでいいのです。一歩も動かず息をひそめ、水に浸ったまま相手の登場を待てばいいのです。

やがて、鳥たちのさえずりとともに夜明けがやってきました。ピンクや橙のランの花びらを敷き詰めたように東の空の際が燃えだしました。星々は徐々に姿を消し、早起きのサルたちが梢を揺らしています。

水辺の茂みからなにかが現れました。あたりに注意を払いながら近づいてきたのは、一匹のカピバラでした。ソンブラ君は思わず足腰に力を入れました。飛びかかれば一発で倒せる距離に相手はいるのです。カピバラはうまい肉の持ち主です。本来ならもう襲いかかっているでしょう。その目を見ないように後頭部からかじりついて。

でも、ソンブラ君は水のなかでじっとしていました。カピバラはきっと、思い出を抱えた生き物なのです。自分と同じで、苦しみや悲しみを知っている命なのです。狙うべきは、子育てすらしない、無表情なあいつらなのです。

待ちに待ったその獲物の気配を感じたのは、空が完全に明るくなり、ところどころに浮かんでいる白雲の底が金色に輝きだしたときでした。

そいつは水面からわずかに鼻先だけを出した状態で、ソンブラ君の方へ近づいてきました。水のなかには大きな体が隠れているのでしょう、沼にはうねりが生じていました。ソンブラ君はピクリとも動かず、相手が目の前に差しかかるのを待ちました。

『あとすこしの距離だ。こいつの頭の後ろに食いつけばいい』

ソンブラ君の全身に力がみなぎりました。沼に起きたうねりがソンブラ君の隆起した筋肉を洗っていきます。さあ、いよいよ飛びかかるときです。あとすこし！

しかし、どういうわけでしょう。相手の動きも止まってしまったのです。そいつはすぐ近くでじっとしているようです。

ソンブラ君の全身に寒気が走りました。それは生まれて初めての恐怖の感覚でした。このオレが……狙われている！

バシャッ！

しぶきを立ててソンブラ君が跳ねあがったのと、大蛇アナコンダの鎌首が水面を割ったのはほぼ同時でした。宙を飛びながら、ソンブラ君はアナコンダの後頭部に牙を立てようとしました。しかし、逆に咬みつかれてしまったのです。アナコンダの大きな頭が自分の後ろ脚を飲みこんでいました。ソンブラ君はものすごい力で水中に引きずりこまれました。

ソンブラ君はそこで見たのです。アナコンダの腹から、たくさんの小さなヘビたちが水中に放出されているのを。なんと、卵胎生《らんたいせい》であるアナコンダは出産をしながらソンブラ君を食おうとしているのでした。

『そうだ。やはりお前は子育てなどしない！』

ソンブラ君は渾身の力でアナコンダの頭の近くにかじりつきました。牙が相手の体に食いこみます。苦しくなったアナコンダはソンブラ君を持ちあげ、水面に叩きつけます。その瞬間、ソンブラ君はアナコンダの目と向き合いました。

星のような目でした。なにも語らず、ただ夜空で輝いているあの星々のような目でした。

一瞬のひるみがまずかったのでしょう。ソンブラ君はアナコンダの胴で体を巻かれてしまいました。小さな仔ヘビたちを産みながら、大蛇はソンブラ君を締めつけます。

もうソンブラ君は息もできません。肋骨がギシギシと音を立てます。アナコンダはさらに力を入れ、ソンブラ君を締めつけたまま水面から立ちあがりました。ソンブラ君の霞む視界に、この世で最後の水辺の風景がありました。成長した二頭のシカがじっとこちらを見ています。

おお……お前たちは……生き抜け！

第13話

バクの茫漠たる夢

バク

東南アジアのマレーバク、南米大陸のアメリカバク、同じく南米山岳地帯のアンデスバク（ヤマバク）など、世界で5種のバクが確認されている。成獣の体長は1・3〜2・5メートルほど、体重は100〜300キロ程度。多くは森林や河川のそばに棲み、植物の葉や果実、水草などを食べる。ブタのような体型で、鼻と上唇が一緒の突き出た口吻（こうふん）を持つ。幼獣はイノシシの子のように模様がある。繁殖は周年。一度の出産で1頭の子を産む。

わるい夢はバクが食べてくれるから心配ないよ。うなされた子どもに対し、こんな言葉で慰めてくれた大人たちが昔はいたものです。みなさんも、バクが夢を食べる言い伝えを、一度は聞いたことがあるのではないでしょうか。でも、不思議に思いませんでしたか。ずんぐりむっくりで動作の鈍そうなあのバクが、夢などという得体の知れないものにどうやって食いつくのだろう？　幼かった頃の私も首を傾げた記憶があります。ただ、この眉唾っぽい伝承は、哺乳類のバクではなく、邪気を払うとされた中国の空想上の生き物「貘《ばく》」に起源があるそうです。妖怪変化の類《たぐい》から始まった話なのですから、信憑《しんぴょう》性はありませんね。しかも夢を食べるという説は日本だけで流布したようです。動物園の柵のなかに向かって「サンキュー」と手を振ったところで、当のバクは遠い目をするだけでしょう。

では、バク本人（本獣）はどんな夢を見るのでしょう。

南米はアマゾン、その深い草むらに一頭のアメリカバクの青年がいました。東南アジアに棲息するマレーバクは白黒のツートンカラーですが、アメリカバクは百年間一度もトンネルから出てこなかった地下鉄の車両みたいにくすんだ色をしています。でも、絶望的に地味な色だからこそ、草むらにもぐりこんでしまえばジャガーなどの捕食動物から見つかりにくくなるのです。

バク青年は草のベッドに寝転がり、鼻と上唇がいっしょになった口吻をぴくつかせながら、空を見つめていました。近くには巨大なオンブーの木があります。オンブーは草の一種ですが、成長すると木質化してビルのように大きくなります。

バク青年はこの場所で雲を眺めるのが好きでした。様々な形の雲が、オンブーの木よりもずっと高いところを流れていきます。まっ白いのや、灰色だけれど輪郭が輝いているの。風に翻弄されて刻一刻と姿を変えていくのもあれば、アマゾン河の本流を進む船のように堂々たる雲もあります。

ただ、アマゾンの原野からは雲の底しか見えません。アンデスの峰々に登れば雲を見下ろすこともできるでしょうが、ここは平地です。バク青年にとって、太陽の光を浴びている雲の上側は完全なる未知の世界でした。でも、それぞれの雲の上には小さな世界があるとバク青年は夢見ていました。

綿毛を億万も集めたようなふんわりとした白雲を見かけると、バク青年は雲上に咲き乱れるワイルドフラワーを想像しました。濃密な色彩の広がりです。ワイルドフラワーの海は、風が吹くたびに波を打って揺れるのです。

金色の輝きに縁取られた雲が流れてくると、バク青年は燃える砂金を敷き詰めたきらめきの森林を夢見ます。しっかりとした花びらのブロメリアも、アマゾンリリーも、そしてオンブーの木でさえ、金の炎を灯《とも》して蝶の群れを迎え入れています。蝶たちもまた光の化身です。なにもかもがまばゆい太陽の子として躍っているのです。

バク青年は目と口吻を雲に向けてうっとりします。本当に雲の上に光の蝶がいるなら、なんとかして昇っていってみたいと思うのです。さえない色の自分ですが、自らも七色の光を放って蝶たちと戯れてみたいのです。

しかし、陶然としてばかりもいられません。ときには困った夢を見てしまうことがありました。

たとえばそれは、まん丸な灰色の雲を見かけたときでした。その雲はいかにも肉感的で、自ら律動をもって盛りあがるように浮かんでいたのです。まるで、雲そのものに命が宿っているかのようでした。バク青年の内側で鐘が突かれました。ゴーンと響くものがありました。

「やばい」

思わずそう口走ってしまったのは、その雲がメスのバクのお尻にそっくりだったからです。

バク青年は雲から目を離し、草むらに顔をうずめました。しかし、一度鳴ってしまった鐘は止まりません。ゴーン、ゴーンと体のなかに響きわたります。バク青年は情けない気分で自分の股間に目をやりました。変化が起き始めたのです。

さあ、ここから先は、小学生以下の方は読んではいけません。この本を金庫に入れてとっておいて、中学生になったらもう一度読み直してください。でも、どうしても今読みたいという人は、そうしていただいて構いません。その代わり、親や先生などの大人たちには内緒ですよ。

実は、バクのオスは哺乳類のなかで一番あそこが大きくなるのです。いや、正確にいうなら、体の大きさに対してということわりが必要になります。そのものズバリでは、クジラやゾウの方が大きいに決まっています。しかし、割合でいうとバクが哺乳類随一なのです。なんたって、体長2メートルほどのバク青年でさえ、大きくなったあそこは1メートルに達してしまうのですから。

「ママ、なんでボクのここはこんなに大きくなるの?」

まだバク青年がバク少年だった頃、初めての体の変化に戸惑って、彼は母親に尋ねました。

「おお、坊や。それは……大人になったらわかることよ」

母親はほんのりと顔を赤らめ、しかしどこかに困惑を交えた表情で言葉を濁しました。

「じゃあ、ボク、大人になるまでこうしているよ」

長く大きくなったものを振り回し、バク少年は「えいっ!」と草をなぎ倒そうとしました。

母親は怒鳴りました。

「そんなことをしちゃダメよ! 大切にしなければ!」

母親は覚悟を決めたようでした。生きていく上でとても大事なことを息子に語るときが来たのです。

「それは、つながるためのtubo（トゥーボ）なのよ」

トゥーボとは、ポルトガル語で「管」という意味です。

「え？　なにとつながるの？」

一呼吸置いて母親は言いました。

「あなたが好きになった相手と。多くの場合はお母さんと同じ、メスのバクよ」

「メスのバクとどうやってつながるの？」

「それは自然に任せればいいのよ。自然と……相手のvale（ヴァーレ）の位置がわかるわ」

ヴァーレとは、ポルトガル語で「谷」という意味です。

「つながるためのボクのトゥーボが、だれかのヴァーレとつながるの？」

「そうよ。オンブーの葉を濡らす霧も、ピラーニャを泳がせる川も、すべて谷から始まるのよ。あなたはいつかその奥深い谷とつながるの。それは同時に……ささやきとつながるということでもあるの」

「ささやき？」

母親はそれには答えてくれませんでした。その代わりにこう言ったのです。

「円舞を覚えなさい。あなたなりのワルツやポルカよ」

当然のことながら、バク少年にはワルツやポルカがなにを意味するのかまったくわかりませんでした。そのことを実地で知ったのは、バク少年がバク青年になり、母親と別れて単独で暮らすようになった頃でした。

あるとき、川のほとりで水草を食べていると、目の前に一頭の若いバクが現れたのです。バク青年には、相手がメスだとすぐにわかりました。ハスの花が開いたときよりも濃厚な、胸がちくちく熱くなる匂いがそのバクのお尻のあたりから漂ってきたからです。しかもそのバクは、敵意がない優しげな眼差しでバク青年をじっと見たのです。バク青年はいきなりたまらない気分になりました。見えない力で引き寄せられるように、口吻を相手のお尻に近づけました。メスのバクもまた、バク青年のお尻の匂いを嗅ごうとしてきました。

二頭のバクは、互いのお尻に顔を向けたまま、円を描くように回り始めました。ああ、これがワルツなのだ、ポルカなのだと、バク青年は母親が言っていた円舞の意味を初めて理解しました。こうなったらもう、相手に気に入ってもらえるよう、かっこよく踊らなければなりません。しかし同時にバク青年は、体の内側でゴーンと鐘が鳴ったことにも気づいたのです。バク青年のつながるためのトゥーボが大きくなり始めました。なんだか頭がくらくらしてきます。鐘が鳴り続けます。バク青年には自分の脊椎に沿って咲こうとしている無数のワイルドフラワーさえも見えるようでした。そのときです。「乗らせていただきなさい」と、だれかのささやきが聞こえたのです。

悲劇は、次の瞬間に訪れました。相手の背中に乗ろうとしたバク青年の前脚に、激烈な痛みが走りました。なんと、彼女に咬みつかれてしまったのです。バク青年は太い胴を震わせて悲鳴を上げました。穏やかな草食動物だと認知されているバクですが、動物園では猛獣の扱いです。なぜなら、バクには鋭い牙があるのです。灌木を噛み砕いたり、捕食動物から身を守ったりするために、犬歯が異様に発達しているのです。そのごつい牙で咬まれたバク青年は、もんどり打って倒れました。メスは去っていきます。つながるためのトゥーボは、切れたパンツのゴムのように縮んでいきます。

「つながれなかった……」

咬まれた痛みに耐えながら、バク青年は苦悶の声を漏らしました。円舞の練習をしてこなかった自分の怠惰が悔やまれました。踊りがあまりにダサかったから相手に拒否されたのだと思いこんでしまったのです。

でも、それ以上にショックだったのは、牙をむき出しにした彼女の表情でした。出会った直後は、性格の穏やかそうなバクだと思ったのです。可愛い野の花が咲き乱れるヴァーレの持ち主だと、バク青年は勝手に解釈したのでした。それが円舞に失敗した瞬間、人形浄瑠璃の化け物「妲己《だっき》」のごとく恐ろしい変化を見せ、牙をむいてきたのですから。

もともと夢想癖のあるバク青年でしたが、草むらに閉じこもって空ばかり見つめるようになったのは、初めてのメスにひどく咬まれたこの一件が大きく影響していたのです。

つまり、バク青年はすっかり自信を失ってしまったのでした。円舞の練習は独りぼっちで何度もやりました。オニオオハシの鳴き声に合わせて三拍子で円を描いたり、後ろ脚一本で立つアラベスクの形で軽くジャンプしてみたり。

しかしバク青年は、草むらの向こうからメスのお尻の匂いが漂ってきても、ただもう、うずくまるばかりでした。また咬まれるかもしれないという恐怖もありましたが、それ以前に、自分にはどのメスともつながる資格がないというコンプレックスがより強くなってしまったのです。

草むらに引きこもったまま、バク青年は雲ばかり見あげていました。現実の世界よりも、夢のなかに目や耳や心を浸すようになったのです。それでも、つながるためのトゥーボをどう受け入れるかは大きな問題でした。丸く盛りあがる雲を見かけたり、メスのかぐわしい匂いが漂ってきたりするたびに、動物界ナンバーワンのそれがニニョーッと伸びていくのです。後ろ脚よりも長いので引きずるほどです。

「ああ、どうしてこんな余分なものがついているのだろう」

思い悩むバク青年にとって、つながるためのトゥーボは文字通りの無用の長物であり、苦しみの根源でもありました。ニニョーッと伸びていくとき、バク青年はあの鐘の音を聞きます。咲き誇ろうとする一面のワイルドフラワーも見えました。その先にあるなにかに到達しようとして、バク青年のなかの自然が躍動しだすのです。しかし、相手がいないのですから、やがて鐘の音は途絶えます。ワイルドフラワーも消えてしまいます。バク青年にはそれがとても切ないのです。

切ないなら、切ってしまえ。こんなふうに思ったある日、バク青年はつながるためのトゥーボを引きずったまま川のほとりにやってきました。二本の太い流木が水面に突き出している場所です。そこにはピラーニャの群れがいました。カミソリのような歯で、落ちてきた生き物をバラバラに噛み砕いてしまう恐ろしい魚たちです。バク青年は思ったのです。流木に横たわり、つながるためのトゥーボを川に浸せば、ピラーニャがこの無用の長物を食ってくれるのではないかと。

ところが、いざ川を目の前にしてみると、つながるためのトゥーボはあっという間に縮んでしまいました。もう、モンキーバナナほどの大きさしかありません。バク青年の目から朝露の雫《しずく》のような涙がこぼれました。

「どうしてボクの体は、思い通りにならないのだろう」

バク青年は流木に突っ伏して泣きました。水面下を行き来するピラーニャたちの影が見えます。いっそのことこのまま身投げをした方がいいかもしれない。しかしそう思ったとき、バク青年はまた、ささやきを聞いたのでした。

「ピラーニャたちだって、ピラーニャとして生まれようと自ら欲したわけではない。でも、ピラーニャとして生まれたのだから、ピラーニャとして生きているのだ」

ごつんと頭を殴られたような気分でした。バク青年はしばし茫然とし、流木の上でじっとしていました。そして、ささやきが意味することについてあれこれ考えながら草むらに戻ってきたのです。

さて、「やばい」とつぶやいたバク青年の夢の続きです。肉感的な雲を見て、つながるためのトゥーボが大きくなってしまった彼はその後、どうなったのでしょう。

流木の上でささやきを耳にして以来、バク青年はもう無駄な抵抗はしないことにしていました。心で叱りつけても、大きくなってしまうものは大きくなってしまうのです。自分の意思とは違うところで、自分を操っているだれかがいるのです。それでこの日、バク青年は草の上で仰向けになると、つながるためのトゥーボを天に向けました。ささやきが聞こえてきたのは、いつも空からだったように思えたのです。

すると、なんということでしょう。つながるためのトゥーボはさらに大きくなり始めました。自分の体長よりも長くなって、ぐいぐいと育っていきます。アフリカゾウのそれよりもたくましくなり、どんどん伸びていきます。

「わーっ、わーっ、うわーっ！」

あまりのことにバク青年は言葉が出てきません。トゥーボは留まることを知らず、シロナガスクジラのそれを超えたと思えるほどです。それでも、まだまだ伸びていきます。雨季の木立のごとく、静かな歓声を伴なって育つのです。ついにはオンブーの木を越え、あたりの草地で一番大きなものになりました。さらにトゥーボは伸び続けます。先っちょに一羽のコンドルが留まりましたが、恐れをなしたのかあわてて飛び立ったのがバク青年から見えました。今や、トゥーボは雲にかかろうかという勢いです。ちょうど丸い、肉感的な雲が風に乗って流れてきました。トゥーボはついにその雲に達しました。雲のヴァーレを突き抜け、さらに天高くそびえようとしています。やがて陽は沈みましたが、トゥーボは止まらず伸び続け、満天の星を二つに分けるほどになりました。そこでようやく、バク青年は天に向けて語りかけたのです。

「なにゆえにボクはこのような目に遭っているのですか？」

「自信をもって生きなさいと、お前に知らせるためだ」

天からのささやきに句読点を打つかのように、コツン、コツンとトゥーボが音を立てます。

流れ星がぶつかっているのでしょう。天上で光が明滅します。

「お前のトゥーボが長いのは、相手のヴァーレの奥深くに子を宿す宝の部屋があるからだ。大事に子を育てようとするお前たちの思いがその体を作った。私と、お前たちの愛の双方が相まって、深いヴァーレと長いトゥーボを作ったのだ」

「でも、ボクは愛されていないのです」

「それは間違いだ。強い気持ちになると、円舞の際に相手を咬むこともある。それがお前たちバクという生き物だ」

「いったい、あなたはなにものなのですか？」

「それは私にもわからん。私はすべてであり、一枚のオンブーの葉でもある。そして透明な、決して目には見えないトゥーボで、お前とつながっておる」

　バク青年が目を覚ましたのは、翌朝、陽が昇ってからでした。つながるためのトゥーボは、モンキーバナナくらいの大きさに戻っていました。すべて夢だったとわかりながらも、なにもかもが新しく感じられるさわやかな朝でした。バク青年は久しぶりに草むらを這い出て、あのメスを探してみようと思いました。でも、そこで気づいたのです。股間のモンキーバナナに、小さな銀色の星形が突き刺さっているではないですか。まだ、うっすらと煙が出ていました。もう一度寝ようと、バク青年は草むらに横たわりました。

第14話

転がる小さな禅僧

アルマジロ

北米大陸南部と南米大陸の森林地帯などに棲息する。体長1メートルにもなるオオアルマジロから、15センチほどのヒメアルマジロまで20種ほどが確認されている。頭や背は鱗甲板に覆われ、防御姿勢で体を丸めるが、完全な球状になれるのはミツオビアルマジロ属の2種だけである。シロアリやミミズなどの他、果実も摂る雑食性であり、昼間は巣穴で眠る。日本ではペットとしての飼育が許されており、人間との共生も可能である。

ミツオビアルマジロの少年がくるりと体を丸め、一瞬にしてバスケットボールのような球体に変身したのは、近くのシダの茂みから数匹のヤブイヌたちが飛び出してきたからでした。都会風のおしゃれな犬なんてゴメンだねという方は、ヤブイヌという田舎くさい名前に親しみを覚えるかもしれません。実際ヤブイヌは、一文銭の鼻あてにほっかむりが似合う、どじょうすくいの踊り手みたいな顔をしています。でも、だからといって温厚な性格だというわけではありません。インドのドールやアフリカのリカオンなどのイヌ科と同様、彼らは狩りをする獰猛な肉食獣なのです。大きな体のバクでさえ倒されてしまうことがあるくらいです。

ミツオビアルマジロの少年は、ヤブイヌたちに寄ってたかっていじめられることを覚悟しました。硬い板状のウロコで覆われた頭と背中を外側にして丸まったのは、柔らかなお腹を守るためです。胴の部分に腹巻のような三本の蛇腹《じゃばら》状の帯があり、これをニニュッと伸ばして球状になるのです。

ちなみに、アルマジロはスペイン語でArmadilloと書きます。「武装した」を意味するArmadoに、「小さい」を表すilloがついて、この名前になったのです。ただ、「小さな武装者」といっても、銃や剣を持つわけではありません。アルマジロの前脚の爪はスコップのように鋭利ですが、それは大好物のシロアリの巣を崩したり、ねぐらの穴を掘ったりするために発達したものです。だれかを攻撃するための爪ではないのです。硬いカブトとヨロイだけに頼る専守防衛。これがアルマジロの武装の正体であり、そのすべてなのでした。

さて、襲いかかってきたヤブイヌたちは、牙をむいて少年の背中に食いつこうとしました。しかし、アルマジロのヨロイはやわではありません。きっと削る前の鰹節よりも硬いのです。しかも、防御姿勢のミツオビアルマジロは完全な球体です。あなたがバスケットボールにかじりつけないのと同じで、ヤブイヌたちの歯では、なんともどうにもなりません。

少年はころころ転がります。咬みつこうとするたびに、ヤブイヌたちが少年を鼻先で押し出してしまうからです。ヤブイヌたちは球状の少年に吠えかかりました。獲物を前に一かじりもできないのが悔しいのです。少年にしてみれば、前脚で耳をふさぎたくなるほどおぞましい吠え声です。でも、前脚も使って丸まっていますから、それはできません。

ああ、なんてみじめなのだろう、と少年は震えました。ボクはこんなとき、丸まることしかできない。しかも一度丸まってしまうと、自分の意思で逃げることすらできなくなる。いやなやつらにこうやって転がされるだけだ。

ああ、ボクはなんて無力なんだろう！

丸まって閉じたまま、少年が泣きそうになったときでした。ヤブイヌたちの吠え声を聞きつけ、さらに危険な野獣が現れました。ジャガーです。あっという間に一匹のヤブイヌが宙を舞い、地面に叩きつけられました。至近距離で聞くヤブイヌの悲鳴とジャガーのうなり声。外が見えない少年にも、そばで起きていることは瞬時に理解できました。

まずい！　少年は焦りました。

アルマジロのヨロイは、ヤブイヌの牙ならなんとか跳ね返せます。でも、ジャガーのあごの力にはかないません。一かじりで、ヨロイごとすべて砕かれてしまうのです。

もうこうなったら、いちかばちかの賭けです。少年は背を伸ばして元の姿に戻り、爆発的に走りだしました。ヤブイヌたちはジャガーから逃れようと、茂みのなかへ散っていったようです。ジャガーは少年をにらみつけはしましたが、捕らえたヤブイヌに食いついたまま動こうとしません。少年は全力でジャングルを駆け抜け、傾斜のゆるい崖の上に立ちました。

そして再び球状になり、斜面を転がりだしました。少年はくるくる回ります。引力に助けてもらい、転がり続けるのです。ああ、みじめだという気持ちも渦の中心となっていっしょに回りました。少年は木々にぶち当たり、そのたびに転がる方向を変え、最後はとても硬いマホガニーの大木にドーンと衝突し、そのままのびてしまいました。

少年はヨロイを下にして、仰向けにひっくり返りました。もはや球体は作れません。地面から見上げるジャングルが回っています。頭を強打したせいでしょう、昼間なのに空には星々がありました。衝撃音に驚いた鳥たちがあわてて飛んでいきます。なぜかその光景が、少年にはなにかの問いかけのように感じられました。お坊さんの警策に打たれた座禅者が予期せぬ気づきを得ることがあるように、少年は大自然から不意打ちをくらったことで、世界の秘密に迫る透明な扉をあけてしまったのでした。

「鳥たちが羽ばたいて飛んでいく。どこまでも自由に飛んでいく……。なぜボクには翼がないの？　なぜボクは、逃げる方向すら自分で決められないの？」

そして、こんなことを考えたのです。

「飛びたいという意志があったから、鳥たちに翼が生まれたの？　それとも、この大空がたくさんの翼に羽ばたいてもらいたかったから、鳥たちが生まれたの？」

その晩、巣穴に戻った少年は、母親に尋ねました。

「ねえ、お母さん。どうしてボクたちには翼がないの？」

母親は、巣穴の脇から這い出してきた大きなミミズをチュッと吸い取ったところでした。ミミズのお尻が母親の口元で暴れています。

「まあ、変なことを言うねえ。なんで翼が必要なのよ？」

少年は今日起きたことを母親に告げました。

「丸まっても、翼があればどこにでも飛んでいける。ボクらは丸まるだけで、あとはなにもできないじゃないか」

「ぜいたくを言うものじゃありませんよ。大きなオオアルマジロから小さなヒメアルマジロまで、私たちにはたくさんの仲間たちがいるけれど、危ないときに完全な球状になれるのは三本の帯を持ったミツオビアルマジロ、すなわち私たちだけなのよ。まず、選ばれた存在であることに感謝しなきゃ。他の仲間たちは襲われたときに背中を丸めて防御しようとしても、怖い敵がお腹に食いついてくることもあるのよ。私たちはじっと耐えていれば助かるんだから」

「でも、それじゃあ、捨てられたボウリングのボールと同じだよ。ただそこに転がっているだけだ。自分の意志では動けない。つまり、どこにも主体性がないんだ」

「主体性？」

「そうだよ、お母さん。ボクがボクであるために、ボクは自分の行動を自らの意志によって選択しなければいけない。それができないのはいったいどういうわけ？　ボクらは、いやなやつらに転がされるだけのアルマジロボールだ。この徹底的な受動性を、それでも世界は欲しがったの？」

お母さんは、「難しく考えすぎよ」とつぶやき、這い出てきた次のミミズをまたチュチュッと吸いこみました。少年にはその行為ですら、受動性に頼りきって生きてきた母親の、自己不在的行動の象徴であるように感じました。

「お母さんは、お母さんになりたくてボクを産んだの？　それとも、ボクが生まれたからお母さんになったの？」

母親はのたうつミミズをくわえたまま、まばたきを繰り返しました。戸惑いのようなものが母親の顔に浮かんだのを少年は見逃しませんでした。

「そうね、きっと、両方だと思うわ。お母さんになりたかったから、お腹を痛めてあなたを産んだのよ。でも、あなたが生まれたからお母さんになったとも言えるわね。さあ、もう難しいことは考えずに、ミミズをいっしょに食べましょう」

「ほら、それだよ。結局のところ、どこにも確固たる意志がないんだ！　お母さんは、自分の意志で生きたのではなく、ただ、なんとなく生きてきてしまったのでしょう。そんなお母さんから生まれたボクに、翼が生えるはずもないよ！」

お母さんがわるいわけじゃない。少年はそのことをわかっていました。でも、ぶつけどころのない不満がこういう形で炸裂してしまったのです。母親の「待ちなさい！」という声を背中のヨロイで受け、少年は巣穴を飛び出しました。この巣穴だって、オオアルマジロが掘ったねぐらを使わせてもらっているのです。これまた受動性の産物に違いありません。

少年は泣きながら夜のジャングルを駆けました。翼を持ちたいなんてもちろん比喩だったのです。でも、丸まることしかできない自分がふがいなくて、銀の雫が頰を伝うのです。

「そうだ、あの木だ！」

主体性と受動性について考えるようになったのは、マホガニーの大木に衝突してからだと少年は思いました。翼ではなく、問いが生まれたのです。それなら、またあのマホガニーに体ごとぶつかれば、次の新たな気づきが降ってきて別の考えを持てるようになるかもしれない。少年は、夜が明けたら再び崖から落ちてみようと思いました。

東の空が明るくなるのを待って、ミツオビアルマジロの少年は崖から、「エイッ！」と宙に飛び出しました。球体に変身し、木々が生える斜面をころころ転がります。地球が盛大に引っ張ってくれるので、あっという間に勢いがつきます。少年は岩に当たって跳ね返り、ブロメリアの花が咲く茂みに落ち、さらに数本のゴムの木に当たって方向を変え、背の高いカポックの木に背中からドシンとぶつかりました。

少年はまたのびてしまいました。仰向けになり、ジャングルを見上げました。少年が当った衝撃のせいでしょう、カポックの葉がゆらゆらと風に舞いながら落ちてきました。

おお！　と、少年は声をあげました。

「葉っぱは、いつ、どこに落ちるのかを自分で決めることができない。でも、ボクは自分の意志で崖を転がり落ちた。マホガニーの木には当たれなかったけれど、すくなくともボクはもう、ただそこに落ちているだけのアルマジロボールではない。ボクにだって主体性はあるんだ！」

少年の鼻息は荒くなりました。

「翼も、葉っぱも、ボクになにかを語りかけている。ボクは、当たり前だと思われてきた風景を一つ一つ分解してそこに意味を与え、それらを新しく組み合わせることで、隠されてきた本当の世界を理解し、目に見えるようにしてやるんだ！」

少年の胸に歓喜の波が押し寄せました。そこへやってきたのが遊び仲間のアルマジロたちでした。

「おい、見ていたぞ。お前、面白そうなことをしていたな」

「あっちにぶつかりこっちにぶつかり、まるでアルマジロのピンボールみたいだった」

「いや、アルマジロのスマートボールだ！　パチンコだ！」

仲間たちは口々に騒ぎ立てました。一匹のアルマジロの少女が歩み出ました。少年が穴掘りをしているときやシロアリの巣をぶち壊しているときに、この少女とはよく目が合うのです。少女はいつも微笑みかけてきます。今日も彼女は少年に笑みを向け、ヨロイで覆われた首をコトンと傾けました。

「木や岩に当たって、どっちに転がるかわからないのを、楽しんでいるの？」

違う、と少年は思いました。ボクがやっていることは、アルマジロが背負ってしまった受動性からの解放なんだ。しかし、少女に対し、そうは言えなかったのです。確かに、崖から飛び出す行為は主体的ですが、転がりだせばあとはずっと受け身です。極めて受動的なのです。それで少年は、伝える言葉を変えました。

「ドーンと木に当たるたびに、世界が新しく感じられるんだよ。当たり前だった風景のどこかが壊れて、そのひずみからなにかが語りかけてくるんだ」

仲間たちはざわめき、「よーし、いっしょにやろう！」と盛り上がりました。崖の上に向かって、アルマジロの少年少女たちがぞろぞろと登っていきます。

「どうせぶち当たるなら、マホガニーとか、ブラジルボクとか、硬い木の方がいいと思うよ。衝撃が大きい分、世界が派手に壊れるから」

いっぱしのインストラクター気取りで、崖からの落下遊びを解説する少年です。仲間のアルマジロたちは、「キエーッ」とか「ワオッ！」とか奇声を発して崖から飛び出し、球状になって転がり落ちていきます。どのアルマジロも岩や木々に当たり、まさしくピンボールの球のように弾け飛びます。ブーゲンビリアの赤い群落に落下する者、大きく跳ねてブラジルロウヤシの幹に直撃する者、さんざ転がった挙句オオアルマジロの掘った穴に落ちていく者と、一匹として同じコースを辿る者はいませんでした。

崖の上に最後に残ったのは、少年と少女でした。少女は転がり落ちていく仲間たちを見て

ウフフと笑っていましたが、

「さあ、ボクたちも」と飛び出す体勢になった少年に、真面目な顔を向けて言いました。

「ねえ、本当はなんのために落ちていくの？」

少年はドキッとしました。見透かされていたと知ったのです。それならもう本音で語るしかありません。

「ボクは主体的に生きたいんだ。一度丸まったら動けないアルマジロなんて、枯れるまで立ちっぱなしの木々みたいなものだよ。ボクは、そんな受動的な生き方はいやなんだ」

「木々は受動的？　空や雨や風をあんなに感じて生きているのに？　お花や果実のドレスまでまとうのに？」

「え？」

「私はここから落ちなくてもいい。あなたは気がすむまでやればいいわ。私はね、丸まっていても、鳥たちの恋の歌やミミズたちの虚無を感じることができるの。それでもう充分に主体的だと思うわ。じゃあ、またね」

少女は帰っていきました。茫然と佇む少年のもとに、崖を登って仲間たちが戻ってきます。

「すごいスリルだった！」とみんな興奮しています。でも一匹として、世界の一部が壊れたかどうかについて語るアルマジロはいませんでした。

少年は崖の上にぽつんと残りました。彼の胸のなかで、少女の言葉が幾度となく繰り返されました。斜面の木々を見下ろしながら、少年は思いました。

別に空を飛びたいわけじゃないんだ。丸まるだけしか能がないアルマジロなら、そうやって生きていくしかない。でもボクは、世界と自分の本当の関係が知りたいんだ。だから思いこみのすべてを分解して、新しい世界と出会うんだ。それがボクにとっての本当の主体性なんだ！

少年は崖から飛び出しました。くるりと球状になり、岩に当たり、木に弾かれ、下まで落ちていきます。カカオの木にドンとぶつかり、目を回しました。しかし世界の秘密についてはなにもわかりません。少年は再び崖の上まで登り、また勢いよく転がり落ちました。あちこちにぶつかり、いやというほど頭を打ち、仰向けにひっくり返ります。

こうして夜になりました。何度転がり落ちたかわかりません。ヨロイに守られているとはいえ、首の付け根がひどく痛みます。少年はそれでも崖に登り、今夜最後の落下に挑みました。なにもかもバラバラになれ！　と念じながら。

ドーンと当たったのはマホガニーの木でした。なかば気を失いながら、少年は夜空を見上げました。そして、こんな乱暴な一日が許されたのも、このヨロイのおかげだと実感しました。丈夫な体を持つボクだから、今もなお大地に寝転がって、天の川を眺めていられる……。

ところが口から出たのは、予期していなかった言葉の連なりでした。

「ああ、大地は、丈夫な体を持つ天の川に寝転がって、今もなおボクを眺めている」

少年の心に稲妻が駆け抜けました。言葉が分解され、新しく組み合わされたのです。それは同時に、世界と自分との新たな関係の発見でした。丸まることしかできないミツオビアルマジロの少年ですが、その小さな存在は、大地と、いえ、大銀河ともつながっていたのです。この小さな武装者は、無数の星々に語りかけ、また語りかけられる一夜のために、夜露の草むらでもずっと寝ていられる丈夫なヨロイを持ち合わせていたのです。

と、そのとき、茂みが揺れ、大きな影が現れました。少年は息が止まりそうになりました。それは、ジャガーだったからです。少年はヨロイごと砕かれることを覚悟しました。しかし、ジャガーはうなりながらこう言ったのです。

「お前を食ってやろうと思っていたのだが、やめた。お前はきっと、自分自身をも分解したのだろう。Armadilloがバラバラに組み合わさり、Darma-illoになっておる。星々とつながる小さなダルマを食っては、バチが当たるからな」

ジャガーは一声吠え、茂みの陰に消えていきました。

第15話

ペロリン君の進化

オオアリクイ

中南米低地の森林や草原に棲息する。体長100〜120センチ。尾は90センチにもなる。極端に長い口吻から細長い舌を出し入れしてアリやシロアリを捕食する。胴は黒褐色の長い体毛に覆われ、前脚部は鮮やかに白い。アリ塚のシロアリを捕食する際、敵対動物を威嚇するとき、また出産時も後ろ脚で直立する。成獣は単独で行動するが、幼獣は生後半年以上、母親の背中につかまって暮らす。減少が顕著で絶滅危惧種である。

ウルグアイの深い森のなかに、オオアリクイの少年がいました。オオアリクイは、アリクイの仲間のなかで体が一番大きく、毎日三万匹ものアリを食べる大食漢《たいしょくかん》です。みなさんが普段使われている茶碗に盛ると、ざっと十杯分くらいのアリンコでしょうか。もちろん、森には卵焼きやコロッケなどのおかずはありません。「新米ならご飯だけでもいけちゃうね！」と目を輝かせるおじさんのように、アリクイはアリだけを食べ続けるのです。このアリクイ少年を、これからペロリン君と呼ぶことにします。

なぜ、ペロリン君なのかって？

それは彼の食事のしかたが独特だからです。まさに今、シロアリを食べている最中のペロリン君を見てみましょう。彼は草むらからタワマンのように突き出たアリ塚に抱きつき、前脚の鋭い鉤爪でその堅固なシロアリ帝国に穴をあけます。そして、「なんだ、なんだ！」と這い出てきたシロアリたちを、一瞬にしてペロリンしてしまうのです。

アリクイは人間のように口をあけてものを食べることができません。漏斗のような口吻から出入りする長い舌を使うだけなのです。この舌は粘り気のある唾液で覆われていて、触れたシロアリたちを一気に搦《から》めとってしまいます。昔、田舎の食堂でよく見かけたハエ取り紙のようなものですね。シロアリめがけて、ペロリンペロリン。舌の長さは六十センチにもなるそうですから、シロアリの巣のなかまでペロリンペロリンです。しかも、ペロリン君の舌の出し入れは猛烈に速く、一秒間に二往復できるほどです。まるで卓球選手がスマッシュを決めるときのような勢いでシロアリたちをペロリンペロリン吸い取っていくのです。こうなると、ご飯というよりは、日本蕎麦を高速ですする境地といったところでしょうか。

さて、今日もペロリン君は順調でした。いくつかのアリ塚を破壊し、あちらでもこちらでもペロリンペロリンです。とにかく食欲の赴《おもむ》くままにペロリンペロリンだったのです。ところがある瞬間、その舌の動きが止まってしまいました。なぜか不意に、こんなことを考えてしまったからです。

「ありゃ？　もし、この世からアリがいなくなったら、僕はどうしたらいいのだろう」

その気づきは恐ろしいものでした。アリクイはたまに小さな昆虫や果実などを食べることもありますが、雑食ではありません。アリやシロアリが主食なのです。ただ、動物園のアリクイは溶かしたドッグフードのようなものでも喜んで食べています。つまり、雑食でも生きていける動物なのに、野生の環境ではアリばかりを食べてきたため、この特殊な姿形になってしまったのです。逆を言いますと、森で生きていくなら、生涯アリを食べ続けるしかないのです。

これは困った、とペロリン君はアリ塚にもたれかかり、考えるアリクイのポーズになりました。一つの物資だけに頼る生活では、環境の変化に対応できません。今からでも遅くない、いろいろと食べてみるべきではないかと思ったのです。これは自立の意識でもありました。ペロリン君はついこの間まで、お母さんの背中に乗っていました。アリクイの子はそうやって育ちます。少年になり、お母さんのもとを離れた今、なんだって勝手にできるのです。

よし、目につくものをかたっぱしから食ってやろう！ とペロリン君が決意した瞬間、アリ塚の下にネズミが現れました。考えるよりも早く、ペロリン君の長い舌が飛び出しました。ネズミは見事に搦めとられ、ペロリン君の口のなかへ！ 入るはずもありません。ペロリン君は小さなものしか吸いこめないおちょぼ口なのです。歯もほとんどないのです。口吻の先にぶつかって舌からはずれたネズミは一回転し、ペロリン君の頭の上に着地しました。

「おい、アリクイ！ なにをするのじゃ！」

ネズミは粘り気のある唾液にまみれて、怒り心頭の様子です。もがきながら、ぶつぶつ文句を言っています。

「ごめんね。君を食べようと思ったのだけれど、僕の口では無理だったよ」

謝るペロリン君の頭の上で、ネズミは「キェーッ！」と叫び、盛大にのけぞりました。

「わしを食うだと！ しかも、年を重ねて敬われるべきネズミであるこのわしを、アリクイのお前が君呼ばわりか！」

「わるかったです。もう、二度と失礼はしません」

怒りの治まらないネズミは、ペロリン君の頭を楽器のコンガのように両手でぽこぽこ叩きました。

「そんなに怒らないでください。いうことを聞きますから」

ペロリン君の声が震えています。なんだ、大きな体をしているくせに、こいつは意外と気が小さいのかも。そう思ったずる賢いネズミは、かさにかかって命令しました。

「よし、それなら、いうことを聞くのじゃ。わしは木の実が食べたい。これから森のなかを探検するぞ。前へ進め！」

「はい、わかりましたよ」

ペロリン君はネズミを頭に乗せたまま、森の奥へと入っていきました。不器用な歩き方です。アリ塚を壊すのに便利な鉤爪が邪魔になります。ペロリン君は、人間でいうなら掌《てのひら》を上に向け、手の甲を地面につけて歩くのです。

「まったく、お前さんは変な生き物じゃのう。創造主は居眠りでもしとったのじゃろうか」

「そんなこと、言わないでくださいよ」

「あ、木の実じゃ！　あれを拾うのじゃ」

近くに、ナンキョクブナの大木がありました。地面にはたくさんの実が転がっています。

ペロリン君はネズミが命じるままに、ブナの実を舌で搦めとりました。そして、頭の上で威張っているネズミに舌で渡してやったのです。ネズミは、「お前さんのネチョネチョの唾《つば》がついて気持ちわるいわい！」と怒鳴りながらも、ブナの実を次々と平らげていきます。ネズミにしてみれば、これは意外にもラッキーな展開でした。ネズミのような小さな動物たちは餌を探して地面を這いずり回っているときが一番危ないのです。ペロリン君の頭の上にいれば、すくなくともヘビには襲われません。

「あっちのキノコも取るのじゃ」

ペロリン君が従順なのをいいことに、ネズミはやりたい放題です。あれを取れ、これを拾えと命令し、寝転がったまま木の実やキノコを食べ続けました。そして、満腹になった挙げ句、そのまま眠ってしまったのです。ペロリン君はネズミの寝息を聞きながら、自分も木の実をペロリンしてみました。飲みこむだけなので、味はよくわかりません。シロアリの方が幾分おいしいのではないかと思いました。

しばらくすると、ネズミが目を覚ましました。彼はまた「キェーッ！」と叫び、卒倒しそうになっています。なんと、全身にまとわりついていたペロリン君の唾液が固まり、接着剤で貼り付けられたようになってしまったのです。「動けんわい！　どうするのじゃ！」とネズミは怒りまくりましたが、もうどうにもなりません。雨が降って体を洗えるようになるまで、ペロリン君の頭の上にいるしかありません。

「おい、アリクイ。どう責任を取るのじゃ！」

「ごめんなさい。僕の唾が粘っこいせいで、こんな思いをさせてしまって」

ペロリン君はネズミに何度も謝りました。ネズミは「この変な生き物が！」と罵倒し続けます。しかし、さすがに疲れたのか、その夜には穏やかな口調になっていました。いや、本当のところは、ペロリン君へのすこしばかりの同情も芽生えていたのです。サザンクロスやハエ座の星の輝きの下で、ペロリン君はひどく落ちこんでいたのですから。

「僕は確かに変な生き物なのです。歩くのに不便な巨大な鉤爪。長くて、すぼまったこの口。ミミズトカゲと間違えられそうな舌。迷惑をかけて、すいません」

しょげ返っているペロリン君の頭の上で、ネズミがささやきました。

「姿形のことはしかたないのじゃ。三十八億年前に原始生命が生まれてから、みな、それぞれの道を歩んできた。お前さんのご先祖様たちは、何十万年にもわたってアリ塚に顔を突っこんできたのじゃ。それで口の先が尖《とが》り、舌が長くなってしもうた。進化論ではそういうことになる」

ペロリン君は、おちょぼ口がぐっと開くほど驚きました。

「進化論なんて、難しい言葉を知っているのですね」

「ああ、このわしも、三十八億年にわたって引き継がれてきた命の、そのすべての情報が細胞に盛りこまれた上での今の現れ方なのじゃからな。みなが思っているよりも、ネズミはものを知っておるのじゃ」

「だけど、どうして僕のご先祖様はアリを食べる生活を選んでしまったのでしょう。僕は他のものを食べても生きていけそうな気がします。それも進化論で説明できるのですか」

「さあ、どうじゃろう。進化論の矛盾は、有名な昆虫記を書いたフランスの学者も攻撃しとる。ガの幼虫を捕らえ、神経に毒針を刺して、的確な場所に卵を産みつけるハチたちは、だれに教わったわけでもない、一度も経験したことのないその行為を初めてでもきちんとやり遂げるのじゃ。生きたままの幼虫を生まれてくる子どもたちのエサにするためにのう。つまり、学ぶことで進化していくという進化論の獲得習性のくだりは、このハチの本能的行為とは合致しないのじゃよ」

「本当に難しいことを知っているのですね」

いや、とネズミが首を振りました。

「たとえどんな難しいことを唱えても、生命を説明しきれる理屈などないのかもしれん。アリばかり食べていたからアリクイの姿形になった。そこはわかる。でも、なぜアリがいるのか？　森の掃除のためか？　では、アリにつながる最初の命はどうして現れたのか、その根本のところは、言語や記号で表せるようなものではないのかもしれんぞ」

ペロリン君はネズミが乗ったままの頭を傾げ、「本当にそうですね。なぜ、命は生まれたのだろう」とつぶやきました。

「ところで、あなたたちネズミや、僕たちアリクイは、どこに向かって進化していくのでしょう？」

「どこにって？」

「心は、進化しないのですか？」

ペロリン君に問われたネズミはしばらく黙りこみましたが、「あるかもしれんのう」と腕を組みました。

「お前さんがだれかの役に立つことを始めて、子孫もずっとそれを続ければ、一万年後くらいには、アリクイはみなに拝まれるような存在になっておるかもしれん」

「それなら僕、明日から役に立つアリクイになってみます」

ネズミは、ふん、とせせら笑いました。

「手の甲で不器用に歩いとるのじゃから、使えるのはその長い舌くらいじゃろう。それで、なにができるかじゃ」

翌朝、ペロリン君は頭にネズミを乗せたまま、森のなかの散策を始めました。だれかの役に立ちたいという少年らしい思いで胸がいっぱいです。するとちょうどそこへ、赤と黄と青の派手な衣装を着たコンゴウインコのお母さんがものすごい勢いで飛んできました。

「だれか、助けてください！」

すわ、一大事です。「どうしたのですか？」とペロリン君とネズミは声を合わせました。

「私の大事な子どもが穴のなかに落ちてしまったのです！」

ペロリン君が駆けだすよりも早く、「行くのじゃ！」とネズミが頭の上で叫びました。コンゴウインコのお母さんに導かれて現場へ着くと、すでにカピバラの旦那が救出作業を試みていました。コンゴウインコの子どもが落ちたらしい穴に短い前脚を差し入れ、なんとか救おうとしています。でも、届きません。カピバラの旦那は無言で首を横に振りました。

「僕に任せてください」

ヘビがなかにいたら怖いなと思いながらも、ペロリン君はその暗い穴に長い口吻を突っこみ、思いきり舌を伸ばしてペロリンしてみました。すると、ピーピーという幼鳥の声が聞こえ、舌になにかがくっついた感触がありました。ペロリン君がえいっと引き抜くと、極彩色《ごくさいしき》の羽が生えたばかりの幼鳥が地上に躍り出たのです。「まあ、アリクイさん。なんて感謝したらいいのでしょう」とコンゴウインコのお母さんは涙目になりました。

「いいえ、できることをしただけです」

ペロリン君とネズミはここでも声を合わせました。しかし次の瞬間、コンゴウインコのお母さんはひっくり返った声で叫びました。なんと、色鮮やかなヒナの羽がすべて抜け、ペロリン君の舌にくっついているではないですか。ヒナは丸裸になり、情けなそうな顔をして震えています。

「あんたたち、なんてことをするのよ！」

「逃げるのじゃ！」

ペロリン君は頭にネズミを乗せたまま、転がるようにして駆けだしました。

「役に立つって難しいですね」

息を切らしながらペロリン君が語りかけると、「まことにそうじゃのう」とネズミもため息をつきました。

実際、だれかのためになにかをするのは、双方の価値観の一致があって初めて「役に立つこと」になるのです。ここにズレがあると、なかなかうまくいきません。この日のペロリン君は続いて、ヨロイを下ろすことができなくて疲れたというオオアルマジロの爺さんの肩を、舌の高速攻撃でツボ押ししてやりました。「気持ちええのう」と途中までは感謝していた爺さんでしたが、ヨロイがペロリン君の唾液でねばねばになったことに気づくと、烈火のごとく怒りだしたのです。ここでも「逃げるのじゃ！」となりました。そのあとで役に立とうとしたのは、「あたしの体をおなめ」と草むらに横たわったバクのお姉さんに対してでした。

特にトラブルは起きなかったのですが、ペロリン君が舌でいろいろなところをペロリンしてあげるとお姉さんが変な声をあげ始めたので、なんだか怖くなって、やはり「逃げるのじゃ！」となりました。

「進化するのは大変ですね」

森のはずれまで駆けてきたペロリン君が本音を漏らしたときでした。灌木の茂みからいきなり大きな影が飛び出しました。ピューマです。牙をむき出して襲いかかろうとしています。ペロリン君の全身を恐怖が貫きました。しかし同時に、ペロリン君は後ろ脚で立ち上がっていました。アリ塚に抱きついて破壊するときと同じ姿勢です。ピューマはうなりながら飛びかかってきました。「ああっ！」と頭の上でネズミが悲鳴をあげました。そこで渾身の一撃です。ペロリン君の前脚の巨大な鉤爪が振り下ろされたのです。ピューマは地面に転がり落ちました。刃物のような鉤爪の攻撃をもろに受け、ピューマの首のあたりがザックリと切れています。ひるんだピューマは、あわてて茂みのなかへ逃げていきました。

ペロリン君は尻餅をついて座りこみました。頭の上のネズミは、ただ、がたがたと震えるだけです。ネズミはわかっていました。もしペロリン君がいなければ、自分は今頃ピューマの胃のなかに収まっていたことを。

「わし、お前さんとずっといっしょにいてもええような気がしてきたわい」

鉤爪を持つことの意味を新しく知ってしまったペロリン君は、ナンキョクブナの葉っぱのように気持ちが揺れて、言葉が出てきません。ネズミがささやきます。

「これからの進化は、生き物の種を超えて仲間を作っていくことかもしれんのぅ。一万年後くらいのこの地では、頭の上にネズミを乗せたアリクイが普通になるかもしれん」

ようやく息を整えたペロリン君は、思うことを語りました。

「それにしても、なぜ生き物は、襲ったり、襲われたりするのでしょう。もし、僕たちアリクイと、あなたたちネズミが仲よくなったとしても、それをよく思わない生き物がいる限り、争いが続きますよね。だれかと仲よくなることは、だれかと敵対することでもあります。それはとてもいやなことです。本当に生き物が進化するなら、そのいやなことを避ける命の在り方に辿り着けるはずなのに」

「というと、わしらは進化しとらんということか？」

「頭がよくても、殺し合いをやめられない生き物もいます。僕たち生き物には、進化ではなくて、変化があるだけなのかもしれませんよ」

ふむ、とネズミがうなずきました。生まれて初めて難しいことを考えたペロリン君は、あぁ、お腹が減った、シロアリを食べたいと思いました。でも、シロアリだって食べられたくないのだろうなと、すこしだけ考えました。

第16話
おじさんにできること

カピバラ

南米アマゾン河流域に棲息する。大きな個体は体長130センチ、体重60キロに達するげっ歯類最大の種。和名はオニテンジクネズミ。主に草や木の葉、果物、水草などを食べ、群れを形成して生活するが、力の弱いオスは排除される傾向にある。肛門の周囲と、オスは加えて、鼻と額の間に盛り上がった臭腺を持つ。日本の動物園では露天風呂に入るカピバラたちが人気だが、人になつくため、ペットとして飼われている例もある。

カピバラのおじさんの口から小石が落ち、水面に波紋が広がりました。ネオンテトラの群れが、鮮やかな青と赤のラインをぱっと散らして逃げていきます。だれもいなくなった水のなかに向けて、おじさんは「ごめんよ」と謝りました。

ここはおじさんのお気に入りのよどみでした。水草を食べたあと、ネオンテトラたちのさやきを聞きながら、小石を噛んでいたのです。巨大なげっ歯類であるカピバラは他のネズミ一族と同じく、放っておくと歯が伸びすぎてものが噛めなくなってしまいます。ここアマゾン河の支流でも、日本の動物園でも、カピバラたちが石や木切れを噛んで口をもぐもぐさせているのは、歯を削るためだったのです。

「土さん……」

おじさんはよどみに体を浸らせたまま、岸辺の褐色の土を見つめました。彼がびっくりして小石を落としたのは、生まれて初めて土の声を聞いたような気がしたからです。

「なにか、しゃべったのかい？」

おじさんは耳を澄ましました。土を脅かしてはいけないと思い、できるだけ穏やかな声で問いかけました。

「僕は怖い生き物じゃないよ。もし、なにか困っていることがあるなら、話してくれていいんだよ」

土からはもちろん、なんの返事もありません。声を聞いたのは気のせいだったのかなと思い、おじさんは歯のお手入れのための新しい小石を探そうとしました。すると近くの茂みが揺れ、三匹の若いカピバラたちが現れました。

「おい、おっさん！　笑わせてくれるぜ！」

「おっさん！　土に向かって話しかけてたな！」

「どこかに行っちまえよ、おっさん！」

このあたり一帯を仕切っているカピバラのボスの子分たちでした。タワシのように硬い体毛の下で、おじさんの心臓が早鐘《はやがね》を打ち始めました。チンピラふうの子分たちはヨタって歩き、おじさんに近づいていきます。

「みなさん、お元気そうで」

おじさんは取りつくろった精いっぱいの笑顔を固定したまま、川の深い方へ後ずさりしていきました。相手は三匹の若者です。取っ組み合ったところで勝てるはずがありません。いや、そもそもおじさんはなによりも喧嘩が嫌いでした。

「おい、おっさんよ！」

ここで三匹は声をそろえました。

「鼻ざわりなんだよ！」

おじさんは先頭の若者にいきなりボカッと殴られました。なにをするんだ、と言いかけましたが、水面のしぶきごと彼はその言葉をのみこみ、水に潜って逃げだしました。

鼻ざわり。おじさんが幼かった頃から、繰り返しぶつけられてきた言葉です。これを言われると、おじさんは泣きたくなります。

人間はだれかをいじめるとき、「お前、目ざわりなんだよ」とか、「お前の声は耳ざわりだ」なんてひどいことを言います。それは人間が、目と耳によって相手を識別しているからです。ところがカピバラは事情が違います。目と耳も使いますが、個の識別は嗅覚に頼る部分が大きいのです。つまり、匂いこそがカピバラの個性なのです。

カピバラが匂いを発するのは、まず、お尻にある臭腺です。加えてオスは、鼻と額の間にあるモリージョと呼ばれる黒い盛りあがりから匂いのある液を出します。恋の季節になると、オスのカピバラたちはモリージョを周囲の草木に擦りつけ、「僕の香りってどうよ?」と自己宣伝に努めるのです。

鼻ざわりだといじめられてきたのは、おじさんがちょっと変わった匂いの持ち主だったからかもしれません。でもそれ以前に、おじさんの性格がいじめを呼びこんでいた可能性があります。おじさんは争いを好みません。だれかと闘ったり、相手をねじ伏せたりするなんて、想像もしたくないのです。

おじさんはこの世に生まれ落ちたときからそうでした。お母さんのおっぱいを巡って兄弟たちがやり合っていると、離れた場所でぽつんと座りこんでしまうのです。だから子どもの頃のおじさんは栄養が足らず、やせっぽちでした。しかも仕返しをしませんから、頻繁にいじめられたのです。

ただ、みなさんもご存知の通り、カピバラは基本的に温厚な動物です。みんなでひなたぼっこをしたり、仲良く水草を食べたりで、ファミリー感にあふれているのです。激しい衝突はそうめったに起きません。しかし、このファミリー感というのが曲者《くせもの》なのでした。家族を表す言葉とはちょっと違った、『ゴッドファーザー』系のファミリー。カピバラの群れはこちらのファミリーに近いのです。

カピバラは強いオスがボスとなって、ファミリーを作ります。姐《ねえ》さんたちや子どもたちを近くに侍《はべ》らせ、子分のオスたちでまわりを固めます。他の群れと交わることがないわけではありませんが、一匹で暮らすはぐれカパビラがやってくると、まず間違いなく力ずくで追い出されてしまいます。このあたりではおじさんと、いつも蝶と遊んでいるメスのカピバラが迫害の対象でした。ポルトガル語で蝶を表す「ボルボレータ」と呼ばれているそのメスの頭には、確かにいつも蝶が止まっているのでした。

おじさんはついこの間も痛い目に遭いました。水辺で草をガシガシ食んでいると、「うおっ！」と声をあげたくなるほど懐かしい匂いが漂ってきたのです。スコールが降ったあとのブラジルロウヤシの葉の香りにも似たその匂いは、おじさんの幼い頃の思い出とぴったり重なるものでした。

兄さんがいる！

おじさんはうれしくなり、匂いのする方へと水辺を駆けていきました。太陽の光を溜めこんだ沼はそれ自体が発光体のようで、群れているカピバラたちのシルエットしか見えません。でも、匂いを辿ってきたおじさんには、血のつながりがあるカピバラがすぐにわかりました。

「やあ、兄さん、久しぶり。立派なファミリーだね！」

おじさんは、なにか魂胆《こんたん》があって近づいたわけではありません。ただ懐かしく、兄さんに一目会いたかっただけなのです。でも、その兄に温かな言葉はありませんでした。彼はいきなりぶつかってきたのです。そして、「鼻ざわりだ、このはぐれ者が！」と倒れたおじさんを踏みつけたのでした。

若者に殴られたおじさんは、そのときの悔しさも併せて思い出しながら、川のなかに隠れていました。泣くまいと思っても、涙があふれます。心配したネオンテトラたちが戻ってきました。水面から突き出た岩の上では、目鼻立ちのくっきりしたオオヨコクビガメがおじさんをじっと見ていました。

「みなさん、情けなくて、ごめんなさい」

ふがいない自分が、みんなの視界を汚しているに違いない。おじさんはネオンテトラたちやカメに謝りました。でも、おじさんの涙は止まりませんでした。兄の拒絶や若い者たちからのいじめ以上に、ある感情がおじさんを殴り続けていたのです。それは、なにもできないまま年をとり、おじさんになってしまったという後悔でした。

「僕は、なんの役にも立たない、ただの臭いおじさんだ」

ファミリーはおろか、伴侶を見つけることもできなかったおじさんです。当然、子どももいません。いつもやられっぱなしで、言い返すことすらできずに年を重ねてしまったのです。過ぎた日々は、もう取り返せません。争うことを避けてきたのは失敗だったとおじさんは思いました。群れのなかで生きていこうと思えば、大なり小なり摩擦はあるのですから。

月が出てから、おじさんはよどみに戻り、岸辺に這いあがりました。泣き疲れたので、土にどっと横たわりました。まわりの茂みからは虫たちの歌が聞こえてきます。

「みんな、恋の季節なんだね。僕は情けないことに、こんなに月が美しい夜も独りぼっちだ。もう、生きている意味すら感じられないよ」

虫たちに向かっておじさんがそう嘆いたときでした。土のなかからまた声が聞こえたような気がしたのです。おじさんは土に耳をつけました。でも、その声はやはり幻だったのか、もうなにも聞こえませんでした。月明かりで、川がきらきらと光っています。水面から飛び出た岩の上で、オオヨコクビガメがまたじっとおじさんを見ていました。

さて、翌朝、まだ暗いうちのことです。月はすでに沈み、日の出前の光も遠い時間です。はたはたとなにかが舞うような音でおじさんが目を覚ますと、闇のなかに蝶の影がありました。蝶はおじさんから離れません。珍しいことがあるものだと、おじさんは蝶に話しかけました。

「おはよう。なにか、困ったことでもあるのかい？」

蝶はおじさんのまわりを一周したあと、草むらの方へ向かいました。おじさんは起きあがり、蝶のあとを追いました。すると、くぐもった苦しそうな声がしたのです。おじさんはあわてて草むらをかき分けました。

「おや、あなた、どうしたのですか？」

そこに倒れていたのは、蝶と遊ぶことでみんなから変に思われ、おじさんと同じくいじめの対象になっていたメスのカピバラ、ボルボレータさんでした。

「脚をくじいちゃったみたいで」

「それなら、どうぞ。僕でよければ」

おじさんはボルボレータさんに肩を貸しました。でも、平気でそうしたのではありません。

咽の奥がぐっと締まるような気分でした。おじさん自身、ボルボレータさんをどこかで避けていたようなふしがあったのです。それは、彼女を奇異に思うというより、どうせ自分はだれともうまくやれないのだという諦めが先に立ってのことでした。普通のファミリーにさえ近づけない自分が、蝶と遊んでいる変なカピバラとうまくやれるはずもないと思っていたのです。

しかし、おじさんは彼女の体を支えたことでわかりました。ボルボレータさんは、思っていたよりもずっと華奢《きゃしゃ》な体だったのです。しかもおじさんより年をとっているようでした。彼女の体からはなにかの花の香りが放たれていました。これがボルボレータさんの匂いだったのか。なるほどそれで蝶たちが集まってくるのだ、とおじさんは納得しました。

群れから離れて独りぼっちで生きてきたおじさんは、メスのカピバラと体をくっつけ合ったことがありませんでした。ボルボレータさんと話すのも、これが初めてです。

「咲くところをね、見にいこうと思っていたの」

「では、咲くところを、見にいきましょう」

なにが咲くのか、おじさんはわかりませんでした。でも、ボルボレータさんが咲くところを見たいと言うのだから、連れていってあげたいと思ったのです。おじさんはボルボレータさんを担いで草地を越え、彼女に案内されるまま、すこし離れた沼地に向かいました。

やがて、東の空がほんのりと明るくなってきました。うっすらと目覚め始めた世界の底で、おじさんは見たのです。沼の水面は、天上のコンパスが描いたかのような、おびただしい数の鮮やかな緑の円で覆われていました。この星で一番大きな浮き草、オオオニバスの集まりです。おじさんの体の倍ほどもありそうな巨大なハスの葉が、空からこぼれてくる新しい光を受け、無数の水滴とともにきらめき始めたのです。

ポンッ！　ポンポンッ！　大きなオオオニバスのつぼみたちが、光に撫でられたことの喜びを表現するかのように、軽快な音を立てて咲き始めました。まっ白に輝く花たちです。

「ありがとう。今年も、咲くところを見られた」

「よかったですね。僕も初めて咲くところを見ましたよ」

ボルボレータさんがおじさんの肩に頬を寄せました。おじさんの胸は若者たちにいじめられたときのように早鐘を打ち始めましたが、気分はまったく違うものでした。このままずっとこうしていたいと思ったのです。オオオニバスの純白の花々から漂ってくる香りは、ボルボレータさんの匂いにも似ています。

「ほら、みんなやってきた」

ボルボレータさんが指さす方向から、たくさんの羽音が聞こえてきました。コガネムシたちです。彼らは次々とオオオニバスの花のなかに突っこんでいきます。

「お花が香りを放って、こっちにおいでって、コガネムシたちに声をかけるの。だけど夕方になると、お花は閉じてしまう。コガネムシたちは逃げられない」

「それはいったい、なぜですか？」

すぐそばの花に飛びこんだコガネムシの行く末を心配しながら、おじさんが尋ねました。ボルボレータさんが、「あのお花を見て」と、水かきのある指を沼に向けました。おじさんはそちらを見て気づきました。同じオオオニバスの花なのに、それは白ではなく、濃いピンクだったのです。

「夕方になるとお花は閉じて、明日になるとまた開くの。ただし、一晩で白からピンクに変わって。しかも、お花のまん中が熱を持って、さらに強い香りを放つの。閉じこめられて一晩遊んだコガネムシたちは、お花のオスの部分に触れて、花粉だらけになっているのね。それで、ようやくそのお花から飛び出したというのに、今度は別のピンク色のお花に吸い寄せられるのよ。そして、体に付いた花粉をそのお花のメスの部分に擦りつけるの。こうしてまた、新しいお花の命が生まれるの」

オオオニバスの花とコガネムシにそんな関係があったなんて、おじさんはまったく知りませんでした。おじさんは驚きのあまり、鼻と額の間にあるモリージョを前脚でトンと叩いたほどです。

「そんな約束ごとをやり遂げるなんて、あの大きなハスの花とコガネムシたちが会話をしているかのようですね」

そうね、とボルボレータさんがうなずきました。

「どんな生き物も、言葉を持っているのだと思うわ。だれも信用しないけれど、わたしは蝶と話しているのよ。蝶のささやきがときどき聞こえてくるの」

「わかりますよ。僕にはそれがわかります。ただ……」

おじさんの胸のなかで、ポンッとなにかが弾けました。それは花が咲いたのではなく、我慢の言葉を詰めこんでいた透明な袋が破れた音でした。

「僕は、ネオンテトラのささやきだって聞こえるときがあるのです。でも、肝心の仲間たちとはうまくやれなかった。なにもできず、年だけをとってしまった。僕はそんな自分が悔しいのです。苦しいのです。悲しいのです」

ふいに、ボルボレータさんの前脚が伸びてきました。みんなから疎《うと》まれてきたおじさんの

モリージョを、その前脚がそっと撫でました。

「あなたはなにを言っているの？　わたしはいつもあなたを見ていたからわかっていますよ」

「なにを、ですか？」

「あなたはどんな小さな命のささやきにも耳を傾け、話を聞いてあげていた。この星が発す

るあらゆる声を、あなたは全身で受け止めていた。微小なもののなかにすべてがあるの。あなたこそが、このアマゾン河でもっとも大きな存在なのよ」

おじさんは自分のモリージョに触れているボルボレータさんの前脚をぐっとつかみました。そして、ああ！　と声をあげながら駆けだしました。風景がにじんで、どこをどう走っているのかわかりません。すぐにボルボレータさんのもとに戻るべきだと思いましたが、蝶が止まった彼女の顔を見たら、わっと泣いてしまいそうです。

気づけばおじさんは、いつものよどみに来ていました。胸のなかで咲いた花があまりに大きく、どう心を落ち着けたらいいのかわかりません。それで岸辺の土に横たわりました。すると、また聞こえたのです。土のなかからはっきりと。

「もう、生まれてもいい？」

わけもわからず、おじさんは「いいよ」と答えました。土を割って、子ガメたちが這い出してきたのはそれからすぐのことです。おじさんがよく見かけたオオヨコクビガメのお母さんが、川から上がり、子ガメたちを迎えました。おじさんはじっとしていられず、子ガメたちのまわりをぐるぐると回りました。そして思わず、こんな声をかけたのです。

「君たち、素晴らしい世界へようこそ！」

子ガメたちが、カピバラのおじさんの顔を見上げました。

第17話

ビクーニャとコンドル

ビクーニャ

南米西部、アンデス山脈の高地に分布する。体長120〜190センチほど。リャマ、アルパカ、グアナコなどのラクダ科ではもっとも体が小さい。200万年以上前、北米大陸に棲息していた祖先種のうち、地続きだったユーラシア大陸に渡ったものの末裔が砂漠のラクダとなり、南米に移動したものが時を経て、これらの種となった。ビクーニャの繊細な体毛を使った毛織物は高級品である。ペルーの国旗にも個体が描かれている。

アンデスの高原は、雲の頂《いただき》を見下ろす草の海です。風が渡れば波が立ち、幾重もの緑のうねりが走ります。その広大な草原に軌跡をつけ、生き物たちが船団のようにやってきます。長い首を突き出した、ビクーニャの群れです。

南米高地特有のラクダ科の動物といえばリャマやアルパカが知られていますが、ビクーニャもその仲間です。彼らをこの高原に引きつけたのは、豊富な草の間できらめく真っ赤な果実でした。トマトの原生種、ピンピネリフォリウムです。

ビクーニャたちは草を食みながら、元祖トマトの鮮烈な酸っぱさを堪能しました。古《いにしえ》のインカの人々を魅了し、人の手による栽培へと転じさせたように、この果実は味わった者たちをとりこにしてしまうのです。長い首を草地に突っこみ、ビクーニャたちは一心不乱に口を動かします。よく見れば高原から降りていく傾斜地には人間の集落がありましたが、草と果実の魅力の前で、彼らの警戒心は薄れていきました。群れを率いるオスのビクーニャは、季節が変わるまでここに定住しようと判断したほどです。

ただ、一頭のビクーニャの青年だけは違いました。得体の知れない胸騒ぎがして、落ち着いて食事をすることができません。彼にはもちろん、ここが恵まれた地であることはわかっていました。ピンピネリフォリウムは食べられる宝石です。青年だって、ずっと草地に顔をうずめていたいのです。しかし彼は長い首を頻繁に起立させ、周囲に目をやりました。草の海を揺らす風のなかに、ひたひたと迫る危機を感じたのです。

ピューマがどこかに潜んでいるのだろうか？　あるいは山岳のどこかで、コンドルよりも大きな、まだ見たこともない猛禽類が僕たちを狙っているのだろうか？

頭上では、数羽のコンドルが旋回していました。翼を広げれば三メートルを超える肉食の巨鳥です。ただ、コンドルは主に屍肉《しにく》を食らうのです。ビクーニャに赤ん坊が生まれたときは襲いかかってきますが、子どもたちみんながある程度の大きさまで育ったこの季節は不安がありませんでした。

そうだ、と青年は閃《ひらめ》きました。自分たちの群れをつけてくる年をとったコンドルがいたのです。彼は機を見てビクーニャの赤ん坊をいただくため、ときにはくちばしを使って葬儀の手伝いをするためにつけてくるのです。青年はこのコンドルを見かけるたびに、背筋をつかまれるようないやな気分になりました。でも同時に、吸い寄せられる力も感じていたのです。青年にとって、そのコンドルは怪人ならぬ怪鳥でした。コンドルのひどく暗い目が、見えない大きな世界とつながっているように感じられたからです。気が遠くなるほど長く生きてきたに違いないコンドル。彼なら、自分が今抱えている不安の正体を教えてくれるかもしれません。

青年は群れのまわりを歩き、コンドルを探しました。思った通り、年をとった怪鳥は突き出た岩の陰から、ビクーニャの群れをじっと見ていました。

「僕はあなたに初めて話しかけます」

コンドルは深淵のような暗い目を青年に向けました。

「私はお前を知っているよ。お前が赤ん坊のとき、食ってやろうと思った。しかしお前の親が立ちはだかった。長い首を振り回して、お前を命がけで守ろうとした。それで私は諦めて、クイ（南米に棲息する大きなネズミ）を食った。でも、それからしばらくして、私はこのくちばしでお前の親の葬儀をした。魂を天に昇らせた。この翼でな」

コンドルが大きな翼を広げました。長く生きてきただけあって、羽毛の剝げた翼は古布を縫い合わせた帆のようにぼろぼろでした。

「魂を天に？」

「終わりであり、始まりでもある」

親のことを突然言われ、青年は言葉が出てこなくなりました。コンドルは青年の目を覗きこみました。

「お前の目は珠のように美しい。星々を映す夜の湖水をすくい取ったかのようではないか。そしてお前の耳は風の友のように繊細だ。きっとその瞳と耳で、お前はこのアンデスの高原にしみこんだ沈黙と歌の双方を受け取るだろう」

「沈黙?」

「そうだ。沈黙とは、私たちに赤ん坊を食われたあとのお前たちの目だ。では、歌とはなにか? それはこの高原の輝きだ。この地には沈黙があるから、歌がその分、光るのだ」

「沈黙など、受け止めたくありません」

なにを相談しようとしたのかもわからなくなり、青年はコンドルに背を向けました。怪鳥の言葉のせいで、青年の不安はいっそう渦を巻き、混沌《こんとん》としてきました。しかしビクーニャの群れは、相変わらず食事に夢中になっています。もし今ピューマがやってきたら。そう考えただけで、青年は草原を駆け抜け、みんなに警告を発したくなりました。

青年は一頭のメスのビクーニャを見つめました。彼が以前から気になっていた若いメスです。青年は思いました。

なにが起きるのかはわからないが、あの子が沈黙を受け止めるようになってはいけない。あの子が苦しむことになる前に、僕たちはこの高原を群れごと離れるべきではないか。

でも、群れを率いているのは青年ではなく、彼よりも一回り大きな、喧嘩の強いオスでした。額に三日月形の傷痕があるこのオスがいる限り、青年の勝手な行動は許されません。群れを移動させるのはもちろん、気になる彼女に近づくことすらできないのです。いずれはこの三日月のオスと決闘をすることになると、青年は覚悟を決めていました。相手もその運命を予知しているのか、青年をにらみつけ、威嚇するような仕草を見せるときがあります。ただ、青年には喧嘩に勝つ自信がまったくありませんでした。彼はまだ、本気の喧嘩をしたことがなかったのです。

その夜、青年は夢を見ました。

ピンピネリフォリウムの赤い果実はさらにふくらみ、高原はあたり一面、太陽の雫が実ったような有様でした。ビクーニャたちは食べるのに夢中で、無防備に背中をさらしています。青年もまた元祖トマトを口に運びました。ただ、いくら嚙んでも味がしないのです。ふと、いやな予感がして首を起こすと、青年は息が詰まりそうになりました。高原を無数の人間たちが囲んでいたのです。彼らは幾何学模様の衣服を着たインカ帝国の人々でした。みんなで手をつなぎ、じりじりと人の輪を狭《せば》めてきます。さすがのビクーニャたちもワナにはまったことに気づきました。逃げようとあたりを見回しますが、人の輪に隙はなく、彼らは完全に囲まれていました。草原には他の動物たちもいたようで、まずピューマが飛び出しました。しかしピューマは跳躍した瞬間、矢で射られてしまいました。人の輪を突破しようとしたシカも同じ目に遭いました。シカは首を刃物で切られ、血しぶきを上げながら草地に転がりました。インカの人々はどんどん近づいてきます。みんな武器を持ち、舌なめずりをしながら迫ってくるのです。そしてついに、あのメスのビクーニャが人間たちに捕まりました。彼女は悲鳴を上げます。我慢できず、青年は躍り出ました。

「人間よ、お前たちは！」

ここで目が覚めたのです。天頂には星々がありましたが、東の空にはうっすらと光の羽根が飛び始めていました。青年は呼吸も荒く立ちあがりました。やはりみんなに、この地からの移動を勧めるべきだと思ったのです。しかし、仲間たちの大半は安心しきって寝ています。

青年はこの日もコンドルを探し、その陰気な目とくちばしに向けて問いかけました。

「この高原にしみこんでいるのは、一つや二つの沈黙ではないような気がします。ここはいったいどういう場所ですか」

コンドルはぼろ布の帆を左右に広げて答えました。

「安穏としていて、危険である」

「え？　どちらなのですか？」

「どちらというものはない。どちらもあるのだ」

それ以上、コンドルはなにも話してくれませんでした。洞窟のような目で青年を見据えるだけです。「どちらもだ」という彼の表現が青年にはよくわかりませんでした。ただすくなくとも、コンドルは「危険」という言葉を発したのです。やはり群れの移動を三日月のオスに進言するべきだと青年は強く思いました。でも、しばらく考えた挙句、彼は長い首を自ら横に振りました。相手にされるわけがありません。むしろ決闘の口実を与えるだけです。

その日の夜も、青年は夢を見ました。

元祖トマトを味わっていたビクーニャの群れは、谷の方から這いあがってくる異様な音を聞き、そろって首を起立させました。そして、高原の上の方、山岳につながる傾斜地へといっせいに避難したのです。聞こえてきたのは人間たちの叫び声でした。幾何学模様の衣服を着たインカの人々が高原に走りこんでくるのです。赤ん坊を抱えた母親たちもいます。その必死の形相から、人々が狩られていることがわかりました。ビクーニャをワナにはめる人間たちが、今回は追い詰められています。いったい何が人間を狩っているのだ？　青年が身構えたとき、見たこともない大きな動物たちが現れました。この動物たちは、インカの人々とは異なる様相の人間を背に乗せていました。彼らは火を噴く鉄の棒や、陽光を反射する剣を持ち、インカの人々を次々と狩っていきます。棍棒《こんぼう》を持って抵抗しようとするインカの男たちは、鉄の棒が火を噴くと簡単に倒れてしまうのです。人間がなぜ人間を狩るのだ？　青年はわけのわからない恐怖に囚われたまま、ただその惨状を見つめました。すると、赤ん坊を抱えたインカの母親がすぐ目の前まで駆けこんできたのです。子どもを命がけで守ろうとしている母親の顔がそこにありました。その後ろからは、人間を乗せた大きな動物が追いかけてきます。人間は、火を噴く鉄の棒をインカの母親に向けました。ドンッと発砲音がして、母親はその場に倒れました。

ああっ！　なんということを！

そこで青年は目を覚ましたのです。うなされて立ちあがった青年の脳裏に、赤ん坊を抱いたまま倒れていくインカの母親の顔がまだ残っていました。「沈黙」という言葉がそこに重なります。青年は、ウマに乗ったスペイン兵たちがインカの人々を狩る過去の光景を見てしまったのです。

夜が明けきらないうちから青年はコンドルを探しました。怪鳥は傾斜地の岩の上にいました。夢で見たことを青年は語り、人間についての問いかけをしました。

「母親は常に命がけで子どもを守ろうとします。そこには善があります。しかし人間は僕らだけではなく、同じ人間をも狩ろうとします。人間はもともと悪なのですか？」

「善であり、悪である」

「え？　どちらなのですか？」

「どちらというものはない。どちらもあるのだ。善と悪の双方があって人間なのだ」

「それは、僕らもですか？」

「そうだ。飢餓と飽食の双方があって、お前たちはこの大陸にやってきた。西の遠い砂漠へと旅をしたお前たちの仲間もだ。草を食い荒らし、同時に草の種を運んだ」

「僕は今とても変な気持ちです。あなたの話を聞いていると、まだ夢のなかにいるようです。今ここにいることは、本当に、現実のことなのですか？」

「夢であり、現実である」

「え？　どちらなのですか？」

「どちらというものはない。どちらもあるのだ。夢と現実の双方があって命の船は進むのだ」

「どこへ向かって進むのですか？　それは死ですか？」

「どちらというものはない。どちらもあるのだ。生と死の双方があって、初めてお前は……お前でいられるのだ」

　夜明けの稲妻が炸裂したかのように、青年の頭のなかでなにかが弾けました。夢のなかでインカの人々に首を切られたシカの姿が浮かびました。あの血しぶき！　コンドルが言う通り、きっとこの高原には沈黙と歌の双方があるのです。それは繰り返される善と悪、生と死の幾何学模様でありました。なにか、大きな災いが近づいているのです。

　青年は意を決して、群れに戻りました。三日月のオスの前に滑りこみ、思うところを述べました。不穏な気配がある。一刻も早く、群れごとこの高原を離れるべきだと。しかし、三日月のオスは話を最後まで聞いてくれませんでした。いきなり頭突きをしてきたのです。頭蓋に響く強烈な打撃でした。青年はつんのめり、首を垂れました。今度はそこへ、大きく振りかぶった太い首をぶつけられました。ドウッと青年は倒れました。三日月のオスは、青年の顔に唾をかけました。ビクーニャの必殺技、ひどい臭いがする唾ぺっぺ攻撃です。

倒れた青年の目に、嘲笑《あざわら》っている仲間たちが見えました。気になる彼女は、離れたところでぽつんと佇んでいます。三日月にひどくやられたのですから、青年はもう群れを離れるしかありません。しかし、首がどうかなってしまったようで立ち上がれないのです。美しかった目から涙がこぼれて、青年には高原がにじんで見えました。と、そのとき、大きな影がそばに降り立ちました。ぼろ布の帆が左右に開いています。

「心配するな。敗北と勝利の双方があって、お前は一人前のビクーニャになるのだ」

「もう、僕に勝利はありません」

「どちらというものはない。どちらもあるのだ」

青年はそこで気を失いました。しばらく、夢を見ていたような気がします。倒れた自分を見下ろしている視線があることを感じるのです。なにか語りかけなければと思っても、頭が朦朧《もうろう》として言葉が出てきません。そんななか、青年は目を覚ましました。仲間たちの悲鳴を聞いたからでした。

痛む首をなんとか起き上がらせた青年は、自分が見ている光景を疑いました。ついこの間の夢のように、無数の人間たちが高原を囲んでいたのです。幾何学模様の衣装ではなく、現代の服を着た人間たちです。彼らは等間隔に並び、輪を狭めるようにして高原の生き物たちを狩りにかかっていました。

これが今でも定期的に行われているペルー山岳部の伝統的猟法「チャク」です。なかば祭儀の意味を持つ狩りですが、ピューマなどの猛獣は撃たれますし、シカは食肉用として捕殺されます。そしてビクーニャたちは……。

青年は現実の光景のなかでシカの血しぶきを見ました。仲間たちはどんどん追い詰められていきます。船団のようだったビクーニャの群れは、もはや混乱の一途でした。三日月のオスが、唾を吐き散らしながら人間に向かっていきます。人間たちは棍棒で三日月を殴り、草地にねじ伏せました。それでも三日月は首を上げようとします。一人の人間が真横からその首を棍棒で打ちつけました。骨が折れるいやな音がして、三日月はばったりと首を落としました。

青年も数人の男たちに押さえつけられ、動けなくなりました。彼らは、不気味な音がする機械を青年の胴体にあてがいます。見る見るうちに青年の体毛が刈られていきました。これまで一度も体験したことがない屈辱です。身動きができないまま、青年は全身の体毛を刈られ、丸裸となってからようやく解放されたのです。

これが「チャク」本来の目的でした。人々はインカ帝国の時代から、ビクーニャの体毛を縒《よ》って毛織物の衣服を作ってきたのです。ビクーニャの群れを人の輪で囲い、体毛だけいただいてまた野に放すのです。ただし、怪我をしたビクーニャはシカ同様、食肉用に捕殺されます。三日月のオスは致命傷を負ったので、人間たちのシチューの中身となりました。

この夜、青年はみじめな気持ちで草地に横たわっていました。なんといっても、丸裸なのです。高原に立ちこめてきた夜霧が冷たく、青年は本当に心細くなりました。すると、霧のなかから一頭のビクーニャが現れました。なんと、青年が気にしていたあの若いメスでした。彼女もまた体毛を刈られ、全裸でそこに立っていたのです。

青年と彼女は言葉を発しないまま、どちらからともなく体を寄せ合いました。体毛を失ったばかりで、二頭とも寒くてしかたがないのです。そうして肌を寄せ合ったまま、太陽が夜霧を散らすまでじっと耐えました。でも、光の羽根が乱舞するよりも早く、青年の心は明るさを取り戻していました。コンドルが語った「敗北と勝利の双方がある」という言葉の意味を彼は全身で理解していたからです。そして、彼女と肌を合わせながら、こうも思ったのです。瞬間と永遠の双方があって、僕は今、彼女の温もりを感じているのだ。

第18話

イグアナ会議

ウミイグアナとリクイグアナ

ガラパゴス諸島には2種のイグアナが棲息する。ウミイグアナは大きなもので体長150センチ程度。海藻を主食とするため潜水能力に長け、海岸の岩礁帯で暮らす。威嚇のために鼻の腺から塩水を噴霧するが、外見の割に性格は温厚である。正式名ガラパゴスリクイグアナは陸地で暮らし、主にサボテンを食する。体長100センチ前後、体表は暗褐色だが、頸（くび）や顔には黄色や白が交ざる。乱獲や環境破壊により、個体数が激減している。

無限大記号「∞」で表せそうな東太平洋の大海原に、思春期の陸地の芽生えのごとく、大小取り混ぜ十九の火山島から成るガラパゴス諸島があります。

赤道直下とあって、降り注ぐ陽光は強烈です。ただ、この海域は南氷洋からのフンボルト（ペルー）海流が洗うので、陽射しの強さの割に海水は冷たく、気候も穏やかです。銀盤のように輝く海も、ときには深い藍色を見せ、のんびり、大らかにたゆたいます。

ダーウィンが進化論を確立させる上で大きなヒントを得たと言われるガラパゴス諸島の生き物たちですが、なかでもみなさんによく知られているのはゾウガメとイグアナでしょうか。今回の主役は、このイグアナたちです。私たちはこれから、ガラパゴス諸島でもっとも大きなイサベラ島の海岸線を望遠鏡で覗きます。

ほら、いましたよ。波しぶきをかぶりそうな岩の上で、ウミイグアナたちがひなたぼっこをしています。泳ぎが得意な彼らは、冷やっこい海から上がったあと、体を温めるためにみんなで日光浴をするのです。

おや、よく見れば、これはとても珍しい光景です。岩の上にいるのは灰褐色のウロコで全身を覆ったウミイグアナたちだけだと思っていました。でも、頸が黄色く、白っぽい顔をしたガラパゴスリクイグアナたちも交じっているようです。

リクイグアナは文字通り陸地で暮らし、主にウチワサボテンを食べて生きています。海に近づくことはありません。一方のウミイグアナは海藻が主食ですから、毎日海に潜ります。同じイグアナという名がついていても、この二種の生き物は生活の場も、生存の方法も異なるのです。それなのに今日は一つの岩の上で互いに向かい合っています。いったいどうしたのでしょう。イグアナたちは真剣になにかを語り合っている様子です。さしずめ、「イグアナ会議」というところでしょうか。さあ、彼らの言葉を聞いてみましょう。

頸の後ろのトゲが数本折れているウミイグアナの先生が、「とにかく、ルッキズムは認められません」と言いきりました。諭《さと》している相手は、目の前のリクイグアナのようです。

「外見至上主義のくだらなさに気づいてください。見た目でイグアナを判断して、そこからなにか生まれますか」

先生は感情を圧《お》し殺したような声で話します。リクイグアナの若者は一度頷きましたが、「でも」と口を曲げました。

「そうおっしゃる先生は、外見を無視できますか。やっぱり見た目って、でかいんじゃないですか」

リクイグアナはすこし巻き舌のしゃべり方です。横にいた一匹の若者が加勢しました。

「相手のことをよく知ってからなら、見た目じゃないってわかりますよ。たとえば、むちゃくちゃブサイクなウミイグアナのオスがいるとして、でも彼はひなたぼっこのとき、カツオドリにも気前よく場所を譲ってやっている。そこで初めて、ブサイクだけどいいやつだったんだってわかるわけですよ。だけど、初対面のときは見た目しか判断材料がない。ブサイクはやっぱり、ブサイクじゃないですか。ブサイクだと感じた心をなかったことにするというのは、偽善ですよね」

このリクイグアナは、ブサイクという言葉ばかりに力を入れました。数匹のウミイグアナたちが、「おう、やるのかよ！」と鼻の腺から霧を噴き上げました。ウミイグアナ特有の威嚇行為です。猛禽類やカモメなどが襲いかかってきたとき、まるで小さな間欠泉が鼻に埋まっているかのように、彼らは体内に溜まった塩水を噴霧するのです。

「確かに俺らはブサイクだよ！」

仲間たちが発射した怒りの霧を浴びながら、一匹のウミイグアナの青年が前脚で岩を叩きました。

「知っているよ。俺らの顔はまるで、つぶれたウニのようだ。あんたらリクイグアナさんとは違って、体のどこにも明るい色がない。しかも、頸から背中にかけてトゲが生えている。四肢の爪は鋭く尖っていて、まるで怪獣だ。かのダーウィンさんも、俺らウミイグアナのことをブサイクだと記している。でも、俺らは自分の力で食べ物を探す。肺呼吸で生きているのに、海に潜って海藻を食べる。どんなに海が荒れていても、俺らはこの爪を岩礁に食いこませ、命がけで飯《めし》を食う。そこへいくと、あんたらは優雅でいいよな。ひなたぼっこをしながら、落ちてくるサボテンの実だの葉だのを食っていりゃいいんだから」

「なにを！」

巻き舌のリクイグアナがウミイグアナに詰め寄ろうとしました。しかしその肩を、年長のリクイグアナがつかみました。

「待ちなさい。そもそも、君たちの小競り合いを止めようとして、この会合がもたれたのだ。今日は、ウミイグアナとリクイグアナが腹を割って話せる貴重な機会だ。そうした場で、挑発し合うのはよくないぞ」

「こいつらが先に言ってきたんですよ。お前らリクイグアナはラクでいいなって。塩水流して働いたことがあるかって。だから俺は頭にきて、特撮映画のモンスターみたいな姿でよく生きているな。ブサイク同士で、どうやって恋をするんだって言い返してやったんですよ。そしたら、こいつらが尻尾で叩いてきたんだ。そりゃ、俺も言いすぎたけど、先に喧嘩をふっかけてきたのはこいつらウミイグアナなんですよ」

「やめなさい！」

年長のリクイグアナが白っぽい顔を強ばらせました。額には青い筋を浮かべています。

「争いごとはいつもそうやって始まる。あいつらがわるい。こっちはわるくない。その一辺倒だ。多くの生き物たちが、差異を見つけては敵対意識を持つ。いや、差異などなくても、そうなる。川があれば、こちら側とあちら側だ。一本の線が引かれれば、たとえそれが目に見えずとも、我々とやつらの区分になる。悲しいことに、向こう岸に立つ者も同じだ」

「俺たちは、こいつらとは違いますよ！」

年長者の叱責《しっせき》を跳ね返すように、巻き舌のリクイグアナがあごを開いて叫びました。

「見た目も、食べるものも違う別の生き物ですよ。それに、俺たちが働くことを知らないっていうなら、試しにこの日照りのなかで、落ちてくるサボテンを食ってみたらいい」

巻き舌のリクイグアナににらまれ、ウミイグアナたちは再び鼻の腺から塩水を噴き上げました。一匹が前に出ます。

「おお、サボテンを食ってやろうじゃないか。その代わり、お前らリクイグアナも海藻を食ってみな。お前らの顎は黄色でいかにもカラフルだが、波打つ海のなかに入っていく勇気が、その軽薄そうな体のなかにあるかな？」

「おお！　荒れた海でも笑いながら入ってやるよ！」

双方の若者たちは、今にも取っ組み合いをしそうな勢いです。ウミイグアナの先生と、リクイグアナの年長者が、やれやれという表情で互いに顔を見合わせました。すると、数の上では大勢のウミイグアナのなかから、一匹の長老が歩み出てきました。磨耗したのか、彼の頸にはもうトゲすらありません。長年にわたる潜水のせいでしょう、ゴツゴツとコブの出た頭は塩が固まり、まっ白です。掠れた声で長老は言いました。

「いいじゃろう、双方ともやってみな。こちら側があちら側に立ってみる。あちら側もこちら側を体験してみる。互いの理解のために、ウミイグアナはサボテンを食ってみな。リクイグアナは海に潜ってみな」

長老の出現で、若者たちはすこし気勢をくじかれたようです。やってみなと言われると、別にやってみなくてもいいんだけどなあ、と思うのがイグアナの心なのです。しかしここまで来たらもう引き下がれません。若いイグアナたちのプライドがぶつかり合っているのです。しかも彼らは、近くの岩場に美しいメスのリクイグアナがいることを意識していました。彼女は宝石のスフェーンのように黄緑の光を宿した瞳で、こちらを見ていたのです。ルッキズムの問題はさておき、このメスはだれもが認めるイサベラ島のマドンナでした。オスのリクイグアナはもちろん、生活圏が異なるウミイグアナたちだって彼女を前にすると顔を赤らめてしまうのです。

さて、イグアナ会議の事情を知ったガラパゴスアホウドリが紺碧《こんぺき》の空に大きな円を描き、合図となりました。いがみ合う若者たちが互いの立場を体験する時間です。巻き舌を先頭にしたリクイグアナたちは、「えいっ！」と気合いを入れ、波しぶきが立つ岩場から海に飛びこみました。生まれて初めてのダイビングです。着水するやいなや、一同が「ぎゃあっ！」と叫んだのは、想像していたよりもずっと海水が冷たかったからです。でも、マドンナが見ているのです。彼らはやせ我慢を貫き、目を見開いて海藻を探そうとしました。

ところがここで再びの「ぎゃあっ！」です。先に潜ったリクイグアナがのけぞりました。理解できない生き物が、真下を泳いでいたからです。オニイトマキエイ、通称マンタでした。海底がそのまま盛り上がったかのような大きさ、その上でお茶会でも開けそうなほど巨大な海洋生物です。マンタもまた、見慣れないイグアナたちに興味を持ったのか、つい立てのようなロヒレを左右に開き、「全部吸っちゃうぞ！」という表情で近づいてきました。リクイグアナたちはたまったものではありません。我先に逃げようと四肢を動かします。しかし、泳げないのです。ウミイグアナとは違い、彼らには水かきがありません。尻尾をフィンのように操ることもできません。彼らは泡を吐き、いっせいに溺れ始めました。

「助けてくれ！　泳げないんだ！」

巻き舌がかろうじて海面に顔を出すと、岩場で見守っていたウミイグアナたちが次々と飛びこみました。まさに水を得たイグアナです。「レスキュー！」の声勇ましく、華麗な身のこなしでリクイグアナたちを助けます。岩場にいた年長のリクイグアナは、その光景を前に深いため息をつきました。

一方、ウチワサボテンの大木の下に集ったウミイグアナの若者たちは、すでに日射病になっていました。太陽は真上にあり、一秒たりとも休むことなく本気で燃えています。海から上がったあと、日光浴をするのに好都合な灰褐色の体が、ここでは逆に災いしました。暗い色彩ゆえ、直射日光の下では体温が上がりすぎてしまうのです。彼らをかわいそうに思ったのか、まっ赤な喉ぶくろを小さな太陽のようにふくらませたアメリカグンカンドリが、ウチワサボテンの幹に留まりました。くちばしで突いて、サボテンの葉を落としてやるためです。

意識が朦朧としていたウミイグアナたちは、降ってきたサボテンの葉になにも考えず飛びかかりました。一気に咬みつき、ガツガツと食べ始めたのです。しかしその直後、彼らもまた「ぎゃあっ！」と叫びました。舌や歯ぐきにサボテンのトゲが刺さりまくったからです。悲鳴を聞いて、ウミイグアナやリクイグアナの大人たちが駆けつけました。若者たちは口にトゲが刺さったまま、ぐったりしています。彼らは大人たちに引きずられ、磯の潮溜まりまで運ばれました。涼しいところでトゲを抜いてやらなければいけません。

「トゲだらけのサボテンを食べても平気なのはリクイグアナだけだ。君たちには無理だとわからなかったのか？」

ウミイグアナの先生に諭され、トゲの刺さった若者たちはしょんぼりとしてしまいました。

「気が遠くなるほどの昔、大陸で洪水に遭い、海まで押し出されたわしらのご先祖様が、流木に乗ってこの島々に辿り着いた。それは、ラッキーなことじゃった。漂流する者のほとんどは、大海のどまん中で死んでしまったのじゃからのう」

しょげ返っている双方の若者たちに向け、ウミイグアナの長老が掠れ声で語りだしました。

「奇跡的に助かったご先祖様たちは、このガラパゴスの島々で強く生き直そうとしたのじゃ。それはきっと、無敵になるという決心じゃよ」

「一番強くなる、という意味ですか？」

口からトゲを抜いてもらったばかりのウミイグアナの若者が、まだ痛みが残っていそうな表情で問いました。

「違うのう。無敵とは、敵がいないということじゃ。つまり、争わない。憎しみを生み出さないということじゃよ。そういうわけで、わしらのご先祖様は草食になったのかもしれん。ある者は海に潜って海藻を食った。また、ある者は鳥がついばんで落とすサボテンの葉や実を食うようになった。こうして、争わない棲み分けができたのじゃ。互いの生存の方法を敬っておれば、わしらは仲よく生きていけるはずじゃ」

「そうだとしても、あまりに過酷じゃないですか？　ウミイグアナの生活を体験してみて疑問が湧きました。なぜ、岩場で暮らすイグアナの飯が海の底にあるんですか？　なぜ、俺らの飯にはトゲが生えているんですか？　二つに分かれたイグアナが仲よく生きていくのはいいでしょう。しかし、ご先祖様は俺ら子孫のために、もうすこしラクな生存方法を見つけられなかったんでしょうか？」

息を吹き返した巻き舌のリクイグアナは、なかば納得がいかないという顔です。

「お主の言う通り、わしらは損な役回りじゃ。一日たりとも、生きていくことはラクではない。だが、わしらはわしらを超えていくことで、本当のわしらになるのじゃよ。真の実存は、現存在のすこし前方にある、ということじゃな」

理解できなかったのか、巻き舌は口を尖らせました。ウミイグアナの先生は「うむ」とうなずき、「長老は、ガブリエル・マルセルでも読んだのかな」とささやきました。いずれにしても、ウミイグアナとリクイグアナの若者たちは仲直りをしそうでした。相手の立場を理解したことで、あちら側とこちら側の対立概念が和らいだのです。鋭い爪に気をつけつつ、あとは双方が手を取り合えばいいのです。

しかしここで、だれも予期していなかった展開になりました。憧れのマドンナが、岩を伝ってやってきたのです。彼女は微笑みながら、黄緑に光る目でみんなを見渡しました。リクイグアナの若者たちは照れ臭くなったのか、互いに爪で突き合っています。ウミイグアナの若者たちもポーッとなり、言葉が出てこない状態になりました。そこで口を開いたのは、マドンナでした。

「仲直りをなさったのですね」

全員が声をそろえ、「はいっ」と答えました。

「それは素晴らしいことです。私たちは争うために生まれてきたのではありませんから。どんなイグアナも、調和のなかで生きていく権利がありますわ」

「その通りです」と、再び声がそろいました。

「それならよかった。みなさんに会っていただきたい仲間がいます。ダーリン、こっちに来て！」

え？　なに？　とみんなが目を白黒させるなか、岩場の陰から一匹のイグアナが現れました。その瞬間の全員の驚きぶりといったら。ウミイグアナの先生は尻餅をつき、年長のリクイグアナも「うわっ！」と後ろにさがりました。巻き舌はいきなり喧嘩腰のポーズです。でも、マドンナの柔和な表情は変わりません。彼女はダーリンをみんなに紹介しました。

「ウミイグアナとリクイグアナの間にできたハイブリッドイグアナが私のダーリンです。みんなにいじめられると思って、これまで彼は隠れて暮らしてきました。でも、これからはみなさんの友達です。仲よくしてくださいね」

みんな、噂には聞いていたのです。エルニーニョ現象によって海藻がすくなくなり、生活圏を陸地に移しつつあるウミイグアナの若者がリクイグアナの娘と恋に落ちるケースがあることを。そして、禁断の愛から生まれた子どもが、双方の能力を持ったハイブリッドイグアナであることを。

みんなに向かってぺこりと頭を下げたダーリンは、双方のイグアナの外見が混ざった姿をしていました。しかし、四肢の爪は鋭く長いウミイグアナのそれでした。

「みなさん、よろしくお願いします。僕はこの爪で、背の高いウチワサボテンに登ることも、海に潜って海藻を採ることもできます。みなさんのために働きたいと思っています」

だれもが黙りこむなか、長老が口を開きました。

「しかし、ハイブリッドの子は、繁殖力がないと聞くが」

マドンナの左右の目がいきなり光度を増しました。

「そんなの、やってみなければわかりませんわ。私たちは私たちを超えていくことで、本当の私たちになるんでしょ。常識への挑戦こそが、私たちイグアナの真の実存なんですよね。だったら、ダーリン、今夜も子づくりに励みましょうね」

マドンナに擦り寄られたハイブリッドのダーリンが、えへへと笑いながら、身をよじりました。巻き舌が、「ちぇっ!」と舌打ちをしました。

第19話

ゾウガメの時間

ガラパゴスゾウガメ

南米大陸を起源とするナンベイリクガメ属のうち、ガラパゴスの各島に棲息する複数種のリクガメの総称。それぞれが独立種であるとされ、甲羅の形や大きさが異なる。大型の種では甲長130センチ、体重270キロに達する。長寿であり、平均寿命は100歳を超える。ガラパゴスとはスペイン語で「カメたち」の意。かつては各島に多数のゾウガメが棲息していたが、船乗りの食料として乱獲され、激減。絶滅した種もある。

ガラパゴスゾウガメのティエンポは、卵の殻を割って歩きだした日のことを覚えていません。彼が思い出せるもっとも遠いおぼろげな風景は、岩の窪みから生えていた草と、まっ青な明るい空でした。だれに教わったわけでもないのに、ティエンポは草に咬みつき、咀嚼《そしゃく》し、また隣の草を食み、赤道直下のまぶしい光のなかで、ただなんとなく「ここにいる」ことを感じたのでした。

ティエンポが生まれたのは、ガラパゴスの火山島の一つです。彼が目を覚ますと、太陽はカンラン石の粉のような幾万のきらめきを海に散らして昇ってきます。アホウドリやアオアシカツオドリの群れが飛び交い、空は鳥たちの歌で沸き立ちます。ティエンポは四肢に力を入れて岩地を歩き、草や果実にかじりつき、頸を伸ばして広大な空を仰ぎます。そしてサボテンの葉を食み、飽きたら昼寝をし、夕方には岩や木や空をワイン色に染めて沈んでいく太陽を眺めるのでした。

いつのまにかティエンポの体は大きくなり、背負った甲羅も溶岩ドームのように立派になりました。メスのゾウガメと出会い、無性に寄り添いたくなり、体をくっつけ合ったこともあります。そのとき、甲羅の下を稲妻のように駆け抜けた歓喜があったことをティエンポは覚えています。

でも、あとは同じことを繰り返すだけの毎日なのです。ティエンポは今日も、草や果実、サボテンの葉を探して歩きます。青空と鳥たちを眺め、次の荒地へと踏みだします。変わらない風景の向こうで、陽は昇り、陽は沈み、また昇り、また沈むのです。もっとも古い思い出も、今日のできごとも、ティエンポにとっては目の前の風景と重なり合う透明な記憶の一つに過ぎないのでした。

こうして、人間の暦《こよみ》では三十年とすこしの歳月が流れました。ただティエンポには、時間の感覚がありません。毎日が徹底的に同じで、どこにも変化がないからです。

ティエンポのその暮らしが大きく変わったのは、陽光を甲羅に受け、岩場を歩いている最中でした。前日もこの日も食べ物が見つからず、ティエンポは空腹に苛まれていたのです。すると、岩の陰からいきなり人間たちが現れました。彼らはティエンポを取り囲み、甲羅の縁をつかんで木の台の上に持ち上げたのです。しかも彼らはロープを使い、ティエンポを台に縛りつけました。ティエンポは四肢を踏ん張り、自分をがんじがらめにしているものから逃れようとしました。怒りをこめ、牛のゲップのような声で叫びもしましたが、どうにもなりません。

「心配しなくていい。俺たちは君を助けにきたんだ」

人間の若い男が、ティエンポの頭を手で撫でました。

「入植者が連れてきたヤギが増えすぎて、島の植物はほとんど食べられてしまった。このままでは君は生きていけない。もうこの島には、君の仲間もほとんどいないのだから」

ティエンポには、人間の話している言葉の意味がわかりませんでした。でも、自分を囲んでいる彼らの微笑みの柔らかさには気づきました。

「ホセ、このカメにも名前をつけないと」

「ああ、そうだな。ティエンポ、なんてどうだろう？」

「時間、という意味かい？　どうして？」

「なんとなくの予感さ。このカメは二百年とか、とんでもなく長生きしそうな気がする。時間を食って生きるんだ。俺とも、一生の付き合いになるんじゃないかと思うんだ」

よくしゃべるその男が、ホセと呼ばれていることをティエンポは知りました。しかし、自分にも名前が与えられたことを彼はまったく理解していませんでした。

この日、ティエンポは小さな船に乗せられました。生まれて初めて波に揺られ、チャールズ・ダーウィン研究所があるサンタ・クルス島に運ばれたのです。移住者たちが住むプエルト・アヨラという街がある島です。ここには、ガラパゴスゾウガメの保護施設もあります。ティエンポは他の島々から連れてこられたゾウガメたちと、これからの長い日々を過ごすことになりました。

保護施設のスタッフであるホセは、十頭ほどのゾウガメの面倒を見ています。石垣でぐるりと囲んだ飼育場でゾウガメたちに果物や野菜を与え、糞《ふん》の始末をし、環境を清潔に保ちます。研究者向けの観察データを取り、観光客が来ればゾウガメたちを紹介することもあります。けっこう忙しい仕事なのです。しかしどういうわけか、ホセはちょっとした時間があると、ティエンポのところにやってきました。

「俺の秘密を一つ聞いてくれ」

ティエンポは頸を伸ばし、ホセの顔を見つめます。

「ある娘に手紙を書いた。エクアドル本土から移り住んできた娘だ。初めて見かけた日から、俺は彼女のことばかり思っていた。一日に一万回くらい、いや、もっとだ」

ホセは毎日何度も彼女の話をします。そして数日後、彼は飼育場に来るなり、ティエンポに駆け寄りました。

「彼女が会ってくれる。ディナーの約束をしたんだ。ずっといっしょにいたいって、最初から言うつもりだ」

言葉を理解できずとも、ティエンポにはホセの表情の奥にある高揚がよくわかりました。これまでになく輝いているホセの目。するとティエンポもまた、甲羅の下に夕暮れの橙のきらめきが宿ったような気分になるのでした。

熱を帯びたホセの言葉はそれからも続きました。

「彼女の名は、ナンシーっていうんだ。彼女が俺を見つめるときの目は、夜の入り江に映る月光のようだ」

「ナンシーとキスをしたよ。プエルト・アヨラの堤防で抱きしめ合った。驚いたよ、ナンシーも初めて会った日から、俺を意識していたっていうんだ」

「ナンシーのママに会ったよ。素晴らしい手料理で迎えてくれた。ナンシーにはパパがいないんだ。でも、その分、俺がナンシーを幸せにしたい」

ある日、ホセは髪の長い女性を伴ってティエンポの前に現れました。ホセと競うほどの満面の笑みを浮かべた彼女は、ティエンポの顔に頬を寄せました。

「あなたのことはホセからよく聞いているわ。これから仲よくしてくださいね」

「俺とナンシーは結婚することになったんだ。ここだけの話だけどね、ナンシーのお腹にはもう俺の子どもがいる。祝福してくれるよな、アミーゴ（友）よ！」

ティエンポは頸を思いきり伸ばし、抱きついてくるホセとナンシーの体に頭を擦り寄せました。ティエンポはホセから頻繁に声をかけられて、人間の言葉がすこしだけわかるようになっていたのです。

『ホセの顔が青空のように明るくなるのは、この女性がいるからだ。そして二人は今、互いを信じ合ってなにか新しいことを始めようとしている』

ティエンポは、牛のゲップ声を発しました。人間のカップルは笑いましたが、ティエンポのなかに湧いた二人への気持ちが、言葉にならない言葉として漏れ出たのです。

ホセはそれからもティエンポに言葉をかけ続けました。プエルト・アヨラのはずれに借りた小さな新居のこと。ナンシーが男の子を産んだこと。その子にレオンと名づけたこと。

ある日、ホセとナンシーは、目をまん丸に見開いた赤ん坊を連れてやってきました。レオンでした。母親の腕から地面に降ろされたレオンは、左右に揺れながらもよちよち歩き、小さな手を伸ばしてティエンポに近づいてきました。ティエンポはいつもと同じ顔で、しかし心のなかではとろけそうな笑みを浮かべて赤ん坊を迎えました。レオンの小さな手がティエンポの頭をトントンと叩きました。

『ああ！　まるで甲羅の下一面に花が咲いたみたいだ！』

ティエンポはその気持ちを伝えようとして、牛のゲップ声を連発しました。ホセはレオンをティエンポの甲羅に乗せます。なんと誇らしい気分でしょう、ティエンポはレオンを乗せたまま歩きました。他のゾウガメたちが振り向きます。彼は仲間たちにもこのあふれんばかりの気持ちをわかって欲しいと思いました。人間の言葉で表すなら、それは「幸せ」というものでした。

しかし、ここが分岐点だったのです。

幸せを知ることは、本当に幸せなのでしょうか。

昼があれば夜があるように、幸せにも相反する概念があります。ティエンポはこの日以来、不意に湧いてくる感情に怯《おび》えるようになりました。

幸せは、物語からもたらされたのです。サンタ・クルス島に連れてこられる前のティエンポは、毎日が繰り返しのなかにありました。そこに時間の感覚はなく、物語は存在していませんでした。ただ一度メスのゾウガメに寄り添ったとき以外は、感情の起伏すらなかったのです。

ところがこの島に来てからは、ホセが毎日話しかけてきます。ティエンポはすこしずつ人間の言葉を理解するようになり、日々変わっていくホセの暮らしが気になりだしました。まさにその興味が、ティエンポに物語を与えたのです。それは同時に、私たち人間が捉えているのと同じ時間感覚がティエンポのなかに誕生したことを意味しました。なぜなら、物語の本質は変化だからです。そして変化とは、過ぎていく時間のなかで起きるものなのです。

ホセの妻、ナンシーが旅立ったのは、息子のレオンがエクアドル本土の高校に通っているときでした。まだ若いのに、治すのが難しい病気に倒れてしまったのです。ナンシーの葬儀を終えたあと、ホセはティエンポに抱きついたまま泣き崩れました。泣いて、泣いて、涙が涸《か》れ果てたあともまだ泣き続けました。ティエンポには、ホセの涙の理由が痛いほどわかりました。だからティエンポもいっしょに泣きました。顔の表情は変わりませんが、甲羅の下で流す涙は、土砂降りの雨のように激しいものになりました。ティエンポは心の涙に溺れそうになりながら思いました。恐れていたのは、変化の先のこの物語だったのだと。

その後のホセは、ナンシーの思い出を語るたびにティエンポの甲羅に涙を落としました。出会った頃のナンシーの瞳のきらめき。ナンシーが作るバナナ料理「トストーネ」のすっきりとした旨さ。ナンシーが息子レオンにいかに優しい母であったか。そのナンシーを奪った天への罵声。そして、生涯一人の妻と巡り合わせてもらったことへの感謝。

こうしてホセは年をとりました。長い歳月も、過ぎてしまえば一瞬です。ナンシーが召されてから三十年。ティエンポと出会ってからは四十五年が過ぎていました。髪がまっ白になり、顔も手の甲もしわだらけになったホセが、ある日ティエンポの甲羅をぎゅっと抱きしめました。

「アミーゴ、実は、本土の病院に入ることになった。なに、大した病じゃない。ちょっと切って、休んでいりゃあ治る。すこしの間、留守にするけど、サヨナラはしないからな。俺のことを忘れるんじゃないぞ。約束だぞ」

『忘れるはずがないじゃないか。早く帰ってきてよ』

今ではすっかり人間の言葉がわかるようになったティエンポは、頭をホセの腿《もも》に預け、その思いを牛のゲップ声で伝えました。ホセはティエンポの頬に口づけをすると、笑顔で手を振って飼育場を離れていきました。

でも、約束は守られませんでした。ホセは帰ってこなかったのです。一年たっても二年たっても帰ってこなかったのです。保護施設の他のスタッフはホセのようには話しかけてはくれません。ティエンポは文字通り頸を長くしてホセを待ちながら、未完の物語のなかに取り残されたと感じました。

それからまた数年が過ぎたある日のことです。太った中年男が飼育場に現れ、ゾウガメのようにのそのそと歩いてティエンポに近寄ってきました。

「覚えているかい？　僕のことを。親父の遺品の整理で久しぶりにこの島に戻ってきた。レオンだよ」

『ああ！　レオン！　すっかり変わってしまったね！』

ティエンポは思わず、全力でレオンにぶつかってしまいました。わっ、と声をあげ、レオンがひっくり返ります。

「ティエンポ！　なんて大きなゾウガメなんだ！　親父が面倒を見ただけのことはある立派なカメだ！」

レオンはかつてのホセと同じように、ティエンポの甲羅を抱きしめました。そして語りだしたのです。ホセがこの世を去る日、レオンの手を握りながら、ナンシーの名を呼んだことを。続けて、ティエンポの名も口にしたことを。

「僕はキトの街で働きながら、童話のようなものを書いていた。一冊だけ刊行されたけれど、まったく売れなかったよ。結婚もした。でも、それも失敗して、今は一人だ。仕事もやめた。しばらくはこの島に留まろうと思っている」

ティエンポはレオンの顔をじっと見つめました。彼はホセがこの世にいないのだということを初めて実感しました。甲羅の下に、深く暗い湖ができたような気分でした。ただ、その湖水はわずかな星明かりを映していました。それは、物語の続きが始まったというティエンポの予感でした。

レオンは、バナナを抱えてよくティエンポに会いに来ました。一人と一頭で、いっしょにバナナを食べるのです。

「もう僕もいい年だ。だけど、なに一つ完成させたことがない。情けなくなるよ。これからチャンスをつかめるような気もしない。悶々《もんもん》として、思い悩むことだけが一人前だ」

バナナを食べながら、レオンは気弱な言葉を吐きます。ティエンポはできるだけ彼の苦悩を受け止めようとしました。するといつのまにか、レオンが発した言葉の意味についてティエンポも考えこむようになりました。たとえば、「完成」です。いったいなにがどうなれば、その言葉が表す状態になるのだろうと思ったのです。

『ナンシーは若くして旅立った。ホセはサヨナラをせずに去っていった。アミーゴたちは、ピリオドを打たずに時間のなかに消えていく。だれも完成していない。いや、違うかもしれない。いかに未完成であろうと、ナンシーやホセの物語はそこで終わったのだから、時間も止まったのだ。それなら、だれの人生も未完成のまま完成するということではないだろうか？　そして、物語と時間は他者に受け継がれていく。自分とレオンが再会したように』

ティエンポにとって、これは大発見でした。時間が個々の存在に根ざすことを知ってしまったからです。人それぞれに固有の時間があり、ゾウガメにはゾウガメの時間がある。レオンは今気持ちを切り替えて、自分の時間を新しく創造すべきだと思いました。でも、それを伝えるすべがないのです。言葉を発しようとしても、例のゲップ声が出るだけです。

さらに一年が過ぎました。レオンはゾウガメの保護施設の仕事を手伝うようになり、夜は気が向けば童話を書いているようでした。でも、いつも浮かない顔をしています。ある夜彼は、お酒でふらつく足でゾウガメの飼育場に入ってきました。そして、初めて会ったときのように、ティエンポの頭をトントンと叩いたのです。

「久しぶりに童話が一つ書けたので、ブエノスアイレスの出版社に送ってみた。ダメだったよ。突き返された。やっぱり僕は才能がないんだ。くそっ、もう書くものか」

ティエンポの脳裏に、赤ん坊だったレオンを連れてきたときのホセとナンシーの笑顔がよみがえりました。ティエンポの甲羅の下で、火花のような思いが噴き上がりました。

『あの二人の人生は未完成の完成だったかもしれない。でも、引き継がれるべき時間と物語は、いまだにここにある！』

ティエンポは巨大な体にみなぎる力を一点に集約し、レオンに向かって一声叫びました。

「エスクリベ（書くんだよ）！」

ティエンポが生涯に一度だけ発した人間の言葉でした。レオンはしばらく茫然としていましたが、やがて洟《はな》をすすりだし、「書くよ」と震える声で何度もつぶやきました。

翌日から、レオンは人が変わったようになりました。猛烈に書き始めたのです。考えられる限りのゾウガメの物語を書き、南米各地の出版社に送りだしたのです。吉報が届いたのは一年後でした。レオンは、よく笑う髪の長い女性を伴ってティエンポに会いにきました。

「本が出ることになったよ。そして僕はこの人と再婚する。アミーゴ、結婚式はここでやってもいいかな？」

ティエンポは二人に向かって頸を伸ばしながら、『ああ、未完成の完成に祝福あれ！』と祈りました。

第20話

飛べない理由

コウテイペンギン

ペンギン類で最大の種。体長1〜1・3メートル。体重20〜45キロ。南極大陸沿岸部に棲息するが、冬季には繁殖地を作るため、海岸から100キロ以上も離れた内陸部まで移動する。極寒から身を守るため、群れは寄り集まり、風に背を向ける。ペアは繁殖期ごとに新しく組み直す。旅続きで巣を作らないため、なわばり争いはしない。ヒナを主に狙う捕食者はオオフルマカモメ。成鳥は海中でシャチやヒョウアザラシに狙われる。

天よ、いったいどうして、僕らにこんな苦しみを与えるのですか？

コウテイペンギンのベベは、まっ暗な空を見上げました。風が吹き荒れるだけで、天からの言葉はありません。ベベは脚にぐっと力を入れました。妻のピピに氷雪が当たらないよう、身をていして風よけになっているのです。

南極の真冬です。氷点下六十度です。ペンギン以外はすべてが凍りついた世界です。太陽はすっかり消えてしまい、一日中夜でした。おまけにこのブリザードの激しさといったら！

べべたちは数百羽でコロニー（繁殖地）を作り、体を寄せ合っていました。みんなで力を合わせ、暴風に飛ばされないようにしているのです。

ここは、海岸から百キロ以上も離れた内陸部です。べべたちに当たるのはもはや雪ではなく、氷の粒でした。背中や翼に穴をあける勢いでビュンビュン飛んできます。風のうなり声は凄まじく、暗い氷原が今にも割れるのではないかと思うほどです。まるで、この地に命が存在することを許さないぞとばかり、風と氷が束になって殴りつけてくるのです。でも、べべたちはここから逃げだすわけにはいきません。

「生まれそうよ」

「大丈夫だよ、すぐに僕が代わるから」

海岸を離れて以来、みんなで一月以上も旅をして辿り着いた地でした。だれもなにも食べていません。みんなやせ細りました。支えてやらないと立っていられない仲間もいます。

「あ！　生まれる！」

　妻のピピがくちばしを開き、腰を震わせました。卵が氷原に落ちたようです。べべは風に翻弄《ほんろう》されながらも、脚の先で卵を探しました。放っておけば、卵はすぐに凍ってしまいます。いったい、卵はどこに？

　あった！　ピピの体温がかすかに感じられる卵でした。べべは両脚をそろえ、甲の部分に卵をのせました。下腹部をぐっと下ろします。抱卵の体勢に入ったのです。

「ピピ、あとは僕が卵を温めるから」

　長い絶食の果ての産卵でした。妻は言葉もなくもたれかかってきました。べべは下腹部で卵を抱えながら、ピピを胴で受け止めました。もちろんべべも、このひと月なにも食べていません。お腹が減って、前のめりにひっくり返りそうです。これがコウテイペンギンの子育てなのです。世界でもっとも過酷な環境で、厳しい試練に立ち向かうのです。

「嵐が止んだら、君は行っておいで。僕がここでヒナを孵してみせるから」

　卵を産んだメスのコウテイペンギンは、またひと月をかけて海岸に向かいます。体力が戻るまで魚を食べ、体のなかにそれを蓄えたまま、さらにひと月かけてこのコロニーへと還《かえ》ってくるのです。それは、消化物を生まれたヒナに与えるためでした。この間、オスのコウテイペンギンは絶食が続きます。もし妻が戻ってこなければ、生まれたヒナは命が尽きることになります。産卵後の弱った状態で海へ旅立つメスも大変ですが、絶食での抱卵を続けながらひたすら妻の帰りを待つオスも超がつくほど大変なのです。

ブリザードの魔王はひとしきり暴れたあと、乱暴な風の裾《すそ》をずるずる引きずりながらどこかに行ってしまいました。真っ暗だった空は星々の輝きに変わり、氷原がうっすら青白く浮かび上がりました。すると天には黄緑に光る橋が現れました。天使たちがそこを渡っているかのように、橋は揺れ始めます。オーロラです。ペンギンたちの瞳のなかにもその遥かなる光が宿りました。

ピピはべべに「必ず生きて帰るからね」と約束し、出かけていきました。産卵後の他のメスたちもピピに続きます。オーロラは形を変えていきます。橋はギリシャの神殿の柱に変わり、星々に届きそうなほど高くそびえ立ちました。

「いよいよ、これからが辛抱の本番だね、べべ」

幼なじみのオス、ギーギが話しかけてきました。彼もすぐそばで抱卵を始めたのです。

「まったく、つらいもんだ。なんだってこんなに寒くて、ひもじい思いをしなければいけないのだろう?」

ギーギは翼の先でそっと触れてきました。

「そうだね、べべ。つらいね。僕らには理由がわからないけれど」

南極大陸で暮らす野生のコウテイペンギンに名前はありません。ただ、彼らは一羽ずつの鳴き声を明確に記憶しています。見た目は同じペンギンでも、長旅から戻ってきた妻たちが夫を間違えないのは、それぞれの声を聞き分けているからです。すなわち、鳴き声の特徴はそのまま名前でした。べべと鳴けばべべ、ギーギと鳴けばギーギなのです。

加えて、べべには一つの癖がありました。彼はコウテイペンギンに生まれたことをときどき嘆くのです。運命を受け入れていないわけではないのですが、つい天に向かって愚痴をこぼしてしまうのです。たとえば、翼があるのに飛べないことへの不満です。べべは幼鳥の頃、海までの長い旅の最中に自分たちがいかに不自由であるかを知りました。

暗黒の世界に陽が昇り、子どもたちがある程度の距離を歩けるようになると、コウテイペンギンの群れは海岸へ向けて移動を始めます。母親と父親が子育てのため交互に旅をする距離も短くなっていきます。旅の後半にもなれば、子どもたちはグループを組んで勝手に行進しだします。

事件が起きたのは、べべたち幼鳥が意気揚々と歩いている最中でした。いきなり、オオフルマカモメが襲いかかってきたのです。翼を広げると二メートルにもなる大きな鳥です。べべが初めて見る空を飛ぶ鳥でもありました。黒い影が空から降りてきたと思った瞬間、仲間の一羽が狩られたのです。その子は小さな翼をぱたぱたと動かして、オオフルマカモメのくちばしから逃れようとしました。でも、どうにもなりません。仲間をくわえた捕食者は、たくましい羽ばたきとともに遠ざかっていきました。

「なぜ、僕たちは飛べないの？」

べべは仲間たちにも、大人たちにも悲しげな声を発して聞いて回りました。だれも答えてくれません。ただ、ギーギだけが、「飛べない翼にもきっと使いみちがあるんだよ。僕らにはわからないけどさ」とささやいてくれました。

アデリーペンギンの群れに出会ったときも、べべは天に向かって文句を言いました。コウテイペンギンよりも小柄なアデリーペンギンは長旅をせず、海岸のそばにコロニーを構えます。小石で巣を作り、そこでヒナを孵すのです。べべは、ずるいと思いました。内陸部から海に向けて長旅をしなければならなかった自分たちが、ひどくまぬけで、あわれな存在に感じられたのです。

「なんでアデリーたちは海の近くに棲めるの？　天よ！　どうして僕ら一族にだけ厳しい旅をさせるのですか！」

「べべ、アデリーの巣にも、僕らの旅にも、きっと理由があるんだよ。僕らにはわからないけれど」

こんなふうにして、ギーギはベベが不平を漏らすたびに、慰めたり、励ましたりしてきました。しかし今、その立場が逆転するときが来たとベベは感じていました。抱卵を始めて以来、ギーギが弱っていったからです。

極寒の暗闇に残されたオスたちは、抱卵のためにただじっと立ち続けます。眠るときも立ったままです。空腹に耐えきれなくなると、雪や氷をついばみます。ところがギーギは、雪を食べるためにしゃがみこむとそのまま倒れてしまうのです。ベベはくちばしでつついてギーギを起こします。寄り添って、なんとか翼で支えてやります。

「ギーギ、君の子どもはもうすぐ生まれるよ。妻たちもすぐに帰ってくる。それまで頑張ろう」

「べべ、ありがとう。ときどき目の前がまっ暗になるんだ。理由はわからないけど」

「それは今、この世がまっ暗だからだよ。でも、じきに太陽が顔を出す。青い空が戻ってくる。だから、がんばろう」

左右にふらつくギーギを支え、べべはこんなふうに励ましました。ヒナが孵るまでギーギはもつだろうか。そのあとの長旅に耐えられるだろうか。なにかギーギに食べさせてあげられるものはないだろうか。そんなことを考え、あたりを見回してみましたが、やはり雪と氷しかないのです。べべだってもうふた月近く食べていません。体から抜け出た心が、オーロラの舞いに吸い寄せられそうなときがあるのです。

つらいな、苦しいな、とベベは思いました。このような生だから、そのように生きる他ないのです。それがわかっていながら、耐え忍ぶしかない自分が情けなくなるのです。

しかし、ベベが予測した通りでした。ある日、氷原の暗い地平線にいきなり橙色の光が現れました。それはほんの一瞬のことでしたが、淡い緑の光と絡み合いながら、左右に音もなく広がり、駆けていったのです。

「ギーギ、ほら、世界が新しくなろうとしている」

「本当だね、ベベ」

それからは何度も光の穂先が現れるようになりました。まだまだ圧倒的に夜の時間ばかりが続くのですが、一日に一度は暗い空の縁が白むのです。

やがて、氷原の果てから広がった光の輪が、今までにないほど空を明るくするようになりました。伸びてきた青い光にベベは見とれました。そこで気づいたのです。下腹部でなにかがもぞもぞと動いています。ベベは、あわてて足下を覗きこみました。

卵の殻が割れていました。小さな、濡れたぬいぐるみのようなヒナがぶるぶる震えながら、氷の上に転がり出ました。

「おお！」

べべは言葉が出てきません。腰を下ろし、生まれたばかりのヒナを下腹部と翼で抱きしめます。その横で、ギーギもまた「ああ！」と叫んでいます。ギーギの足下にもヒナがいました。なんと、べべとギーギは同時に父親になったのです。空はいよいよ明るくなり、太陽が初めて顔を出しました。氷原は金色のきらめきの世界となり、べべとギーギの子どもたちの瞳にもその光を与えました。

「ギーギ、僕らの子どもたちはなんと！」

「美しいのだろうね、べべ」

太陽は転がるようにして沈み、すぐに夜がやってきましたが、べべとギーギはもう眠れません。自分たちの足下を離れれば、子どもたちは凍死してしまいます。目を離すわけにいかないのです。抱きしめ続けなければいけないのです。ただ、妻たちがまだ帰ってきていないので、与えられる餌がありません。生まれてからなにも食べていない子どもたちは、父親の顔を見上げて、ピーピーと鳴き続けます。

おお、天よ！　この子の糧《かて》となるものを！

べべはこの子のためなら死んでもいいと思いました。心の底から食べ物が現れることを祈りました。するとふいに胸が苦しくなり、べべは口から得体の知れないものを吐き出しました。お腹のなかにはなにもないはずなのに、それはべべのくちばしから垂れ、氷原に落ちていきます。

これが、コウテイペンギンの父親がヒナに与える「ペンギンミルク」です。自分の胃壁や食道の粘膜を壊し、剝離したものをヒナに与えるのです。横でギーギも同じことをしていました。子どもたちは夢中でペンギンミルクをすすっています。ベベとギーギは目を合わせました。妻たちが戻ってくるまで、これでなんとか子どもたちを守ることができる。その安堵の心から互いの顔を見合ったのです。

妻たちは丸々と太って帰ってきました。ベベの妻であるピピなどは、以前の姿を思い出せないほど胴も顔もパンパンにふくらんでいます。でも、それでいいのです。お腹に蓄えた魚の消化物をこれから子どもに与えるのですから。となれば、オスとメスの役割は交代です。ここからは、百キロ以上も離れた海岸に向けてオスたちが旅をするのです。そしてお腹いっぱいに魚を食べ、それを貯めこんだまままた戻ってくるのです。すべては子どもを育てるためにです。

妻がまだ帰ってこないオスたちをあとにして、ベベとギーギは旅を始めました。氷原を歩くのに疲れると、腹ばいになり、脚で蹴って進みます。しかし、互いに三ヶ月近い絶食をしているので体力がありません。体重だって、海岸にいた頃の半分ほどに減っているのです。ベベが心配した通り、ギーギはすぐに歩けなくなりました。腹ばいになっても前へ進めません。もともと、ペンギンミルクを吐いた段階でギーギの命の灯火《ともしび》はかなりあやしくなっていたのです。

「ベベ、だめかもしれない。僕のことはかまわずに、どうか旅を続けてくれ」

「ギーギ、そんなわけにはいかないよ。いっしょに海に行こう。お腹いっぱい魚を食べよう」

しかし、ギーギはうなだれ、顔を氷原に落としてしまいます。これでは体温が奪われるばかりです。ベベはギーギをくちばしでつつき、なんとか立ちあがらせました。

まっ暗な空でオーロラが躍っています。カーテン状に揺れていた黄緑の光は一瞬にして散り、鳥のように飛び交います。

「まるで、トウゾクカモメの群れのようだね」

息も絶えだえになりながら、ギーギがつぶやきました。ベベは、ギーギがなにを言っているのかがわかりました。

子どもの頃、初めての長旅を経て海岸に着いたとき、ベベはアデリーペンギンたちの巣を見て、なぜ自分たちだけが命がけの旅をしなければいけないのかと憤慨したのです。でも、彼らはのちに、トウゾクカモメの群れがアデリーのヒナたちに襲いかかるところを目撃しました。そして、ヒナを失った母親ペンギンの嘆きを耳にしたのです。

「あんたたちのように長旅をする体力があれば、私たちも敵が襲ってこない場所で子育てをしたのに……」

そうだったのかと、べべとギーギはあのときも顔を見合わせたのでした。コウテイペンギンが世界で一番過酷な場所で子育てをするのは、どんな捕食者も近づけないためでした。一方、海辺で育つアデリーペンギンの子どもたちは常に危険と隣り合わせです。だから、卵も一度に二つ産むのです。

「べべ、どんなことにも理由があるんだよ。僕らが苦しむのはきっと……」

ギーギが震える声で言いました。

「その苦しみをもって、僕らが生き抜いたことを実感するためだ。苦しみにも意味があるんだよ。だからべべ、僕がいなくなっても悲しんではいけないよ。ああ、でも、僕は子どもに会いたい。会いたいな……」

それがギーギの最後の言葉でした。ギーギの命の灯火が消えたことをべべは知りました。瞳に映っていたオーロラの光が失われたからです。べべはしばらくの間、ギーギの横に突っ立っていました。オーロラはまた一枚の巨大なカーテンに戻り、ゆらゆらと揺れています。ギーギはオーロラの世界に還ったのだとべべは思いました。

べべはたった一羽で旅を続け、海岸に達しました。賑《にぎ》やかなアデリーペンギンのコロニーのそばで体を休め、海に潜って魚をたくさん食べました。べべは泳ぐのが得意です。空は飛べない翼ですが、水のなかでは活躍してくれます。舵代わりの翼を駆使して、海のなかを飛び回るのです。

たっぷり太ったベベは、両の翼で魚を抱き、内陸部のコロニーへと歩きだしました。太陽はずいぶんと空を照らすようになっていましたが、再びの過酷な旅です。雪嵐はまだまだやってきますし、氷原も凍てついたままです。でも、妻のピピと子どもが腹を減らして待っているのですから、休むわけにはいきません。来た道をまっすぐ戻るのです。そこでベベは、ギーギとまた出会ったのです。

氷と化したギーギは、雪をかぶり、そのままの姿で立っていました。ベベはギーギに近づき、翼でそっと触れました。

「ギーギ、いつだったか君は、飛べない翼にもきっと使いみちがあると話してくれたね。僕にはようやくわかったよ。僕らは海のなかで飛ぶためにこの翼を天から授かったんだ。そしてもう一つ。君がいなくなってわかった。僕らは子どもの頃から、この翼で支え合ってきたね。僕らの翼は、愛するものと触れ合うためにあったんだ。ギーギ、ありがとう」

ベベはギーギをしばらく見つめたあと、また一羽で氷原を歩きだしました。お腹の消化物を子どもに与えるために。そして、翼で抱えた魚をギーギの子どもに届けるために。

第21話

対話する鳥（あとがきに代えて）

ガビチョウ

中国南部、東南アジアに棲息する。中国では単に「画眉」と呼ばれる。日本でも愛玩鳥として江戸時代より珍重されてきたが、1970年代に大量輸入された結果、鳴き声の大きさから敬遠され、放鳥が相次いだ。野生化したガビチョウは日本の侵略的外来種ワースト100に認定され、かつては野鳥図鑑にも載せてもらえなかった。体長は25センチほど、目の周囲の縁取りが印象的であり、地上を歩いて木の実や虫などの餌を探す。

↑QRコードよりガビチョウの歌を聴けます。

ガビチョウの若いオスが、森の生き物すべてに話しかけるような勢いでさえずっていました。いささかヴォリュームは大きいものの、その歌声は澄んだ明るさに満ちており、森の暗がりにまで光を与えるかのようです。

ガビチョウの歌を聴いて、落ち葉の下の湿った土のなかでは、カブトムシの幼虫が右に左にくねりだしました。木のウロで眠っていたアオダイショウの少年も首をもたげ、リズムを取ろうとします。まだ太陽は空にあるというのに、湿地の蛍たちもお尻の灯りでガビチョウの歌に応えようとしています。歌自慢の小鳥たちはもちろんじっとしていられません。

「ガビちゃん、今日もごきげんだね」

やぶのなかからウグイスの青年が現れ、自分より一回り大きなガビチョウに挑むかのように歌い始めました。ウグイスは本来、メスを意識して「ホーホケキョ」と鳴くのですが、ガビチョウが気持ちよさそうにさえずっていると、つい共演したくなってしまうのです。

ガビチョウは長い尾羽を上下に動かし、枝から枝へと跳んで、ウグイスの隣に留まりました。言葉を歌にのせるのです。

「今日ね、あの人が来たよ」

「あの人？」

「そう、あの人だよ。切り株に座る人。ぼくに話しかけてくるあの人」

ガビチョウは小鳥たちの声を真似る習性があると言われています。でも、それは人間の耳が勝手に判断したことです。ガビチョウはきっと真似ているのではなく、様々な小鳥たちとおしゃべりをしているのです。

相手は小鳥たちだけではありません。ガビチョウは人間の話だって聞いてくれるのです。

「あの人の書いた物語が、とうとう本になるんだって。それを伝えに来てくれたんだ」

「あの人は、いつも君に手を合わせるよね？」

「お礼を言ってくれるんだ。ちょっと照れちゃうけど、初めて出会ったあの人にいいことを教えてあげたのはぼくだったからね」

「なんだい、いいことって。大きなクヌギの実の落とし方かい？」

ウグイスの青年は、目のまわりに青白い縁取りがあるガビチョウの顔を見つめました。

「クヌギの実ならそこらじゅうにあるさ。ぼくが最初に教えてあげたのは、あの人だけの森で拾える木の実だよ」

「どういうことだい？」

「みんな森を持っているんだ。そこには形のない木の実が落ちている。でも、木の実から芽が出ると、物語のなかで夢見るシカになったり、がんばるコウモリになったり、ときには鋭い眼差しのイヌワシになったりするんだ」

イヌワシと聞いて、ウグイスの青年の顔に緊張が走りました。くちばしを開き、いきなり「ケキョケキョケキョケキョ」と鳴きだしたのです。ガラス玉が転がるようなこの歌声は「ウグイスの谷渡り」と呼ばれ、聴く人をうっとりさせます。でも本当は、なにか怖いものが近づいてきたときに、奥さんや仲間たちに警戒を呼びかけるための鳴き方なのです。

「大丈夫だよ。イヌワシはこの森にはいないから」

弱虫毛虫でも安心させるような柔らかな声でガビチョウが歌うと、ウグイスは「ケキョケキョケキョ（聞いただけで怖いんだ）」と鳴きました。

「物語のなかでは、この森にはいない生き物たちだって現れる。だけど、初めて会ったときのあの人は、物語を書くきっかけすらつかめずに苦しんでいた」

「本当にイヌワシはやってこないだろうね」

「うん。イヌワシはいないけれど、物語のなかならコンドルだって飛んでくる」

ウグイスの青年が「ヒャッー、怖い鳥の名前は出さないでよ！」と悲鳴をあげました。

「ごめんよ。あの人はちっとも怖くないいんだけどね」

「人間をあまり信用してはいけないよ。鳥もちやワナを持ってきて、ぼくらを捕まえようとするからね。リス君たちなんてもっとひどい目に遭っている」

「初めて見かけたとき、あの人は切り株に座ってじっとしていた。苦しそうな顔で木々を見つめていた。いったいなにものだろうと、ぼくだって気をつけていた。それで、コナラの葉に隠れて見下ろしていたら、あの人が急に手を合わせたんだ。こんなことを言った」

ウグイスの青年がそこで一発、「ケキョ?」と鳴きました。ガビチョウは記憶しているあの人の言葉をメロディーにのせました。

「ああ、あなたの視線を感じます。森の神様、あなたはそこにいらっしゃるのですか? もしもいらっしゃるなら、願いを聞いてください。私は子どもの頃から、なによりも動物が好きでした。大人になったら、動物の物語を書いてみたいとずっと思っていたのです。でも、動物の物語は世界中に数えきれないほどあります。私は大人になっても、モグラの旦那やウミイグアナの兄ちゃんに喜んでもらえそうな物語を書く自信がありませんでした。そのまま年をとり、マントヒヒのような白髪交じりの大人になってしまったのです」

「それはわるいことなのかい?」

ウグイスの問いかけにガビチョウは首をひねりましたが、気を取り直してあの人の言葉を歌に変えていきました。

「そのあとで、あの人はこう言ったんだ。私は今、不思議な気持ちです。子どもの頃にも、森のなかで今と同じ感覚を味わったことがあります。ああ、森に見られている。森の神様が私を見てくださっている。もし、本当にあなたがいらっしゃるなら私に言葉をください。なにか、きっかけをいただければ、私は物語を書く人間になれるような気がするのです」

　これだけを一気に歌いきったので、さすがにガビチョウは、ふうっと息をつきました。ウグイスが「ケキョ（それで）？」とくちばしを開きました。ガビチョウが答えました。

「森の神様ってなんだろうって、あのとき思った。そんなの見たことないやって。だって、森そのものが神様だからね。森を見下ろしている空だって神様だ」

「空から落ちてくる雨だって、全体なら神様だ」

「うん。その雨を吸って芽を出すどんぐりだって神様のかけらだよ。ぼくも神様のかけらのかけらだし、あの人だって、かけらのかけらのかけらなんだ。だから、こんなふうに歌ったんだ。神様のかけらであるぼくはあなたを見ているし、あなたの言葉を聞いているよ。あなたはぼくと話すことができる。それに、あなたの心のなかにもきっと森がある。そこには、無数の透明な木の実が落ちているよって」

「出た。それが物語になるのかい？」

　ガビチョウはあの人の顔を思い浮かべながら、また朗々と歌いました。

「あの人は驚いたように立ちあがった。葉っぱに隠れたぼくの姿が見えないようだったけれど、こう言った。君はなんと美しい歌声なんだ。なぜだか、君が伝えようとしてくれていることの意味がわかったよ。ひょっとして、森の神様の化身なのかい？」

ウグイスの青年が、「ヒョッー！」と囃《はや》し立てました。

「あの人は、切り株にもう一度腰を下ろした。すこし興奮しているようだった。そしてこう言ったんだ。ああ、この感じ方は素晴らしいぞ。私はウリ坊のように若い頃、ものの考え方の本をたくさん読み漁った。そうだ、私の心の森には、ありとあらゆる考え方の種が眠っているじゃないか。どうして今まで気づかなかったのだろう。私たちは見ているし、見られている。しかも、それは心のなかの森にも言えることだ。落ち葉となった本の言葉たちが、心の森の底から私を見上げている。この星で等しく生きるものたちを哲学で支えろと！」

「なんだい、ガビちゃん、哲学って？」

ウグイスの問いかけに、ガビチョウはこう歌いました。

「だからそれが、形のない木の実なのさ。大事にしてやればいろいろな形となって現れる。たぶん、哲学も神様のかけらのかけら、そのまたかけらのかけらみたいなものだと思うよ」

「ぼくたちが春一番のさえずりを歌うときのように、あの人のなかでなにかが弾け、新しい世界が始まったんだね。それからときどき、あの人がやってくるようになった」

「うん、書けたよと言って、切り株に座って物語を読んでくれた。ツキノワグマが出てきたり、弟のために命をかけるキツネのお姉さんが現れたり」

ウグイスが切なそうな声で「そのお話、覚えているよ」と鳴きました。

「キツネはぼくらの敵なのに、あのお話は胸の奥が痛くなった。弟のことを考えなければお姉さんは生きていけたのに」

「お姉さんは一匹では生きていけないんだ。それを、わつじてつろうという人が『間柄《あいだがら》』という言葉で表したんだ。あの人がそう言っていた。ぼくがみんなとおしゃべりをしないと生きていけないのも、『間柄』なんだ。つまりぼくたちにも哲学があるんだよ。ぼくはあの人に感謝して、梢から飛び出して歌ったんだ。そうしたらあの人は、君だったのか？　としばらくびっくりした顔をしていた。きっと、ぼくの歌声とぼくの姿がうまく重ならなかったんだ。だけど、そのあとで、ぼくに手を合わせた。ありがとうと何度も言ってくれた」

「そうやって、ガビちゃんとあの人の『間柄』が本格的に始まったんだね」

「うん。ぼくもいつのまにか、あの人の新しい物語を聞きたいと思うようになっていた」

ガビチョウがひときわ高い声でさえずると、近くのコナラの枝にいきなりもう一つの命が躍り出ました。ガビチョウとウグイスは驚いて飛び立ちそうになりましたが、よく見たら友達のタイワンリスでした。ふさふさとした尻尾を直立させ、「やあ」と挨拶をしてきたので、二羽はほっと息をつきました。

「ガビちゃんたち、なにしてるの？」

「今日ね、あの人が来たんだよ。これまでに書いた物語が集まって、本になるんだ」

「あの人って、ぼくたちリスのことも物語にしてくれた……あの人？」

ウグイスの青年が「ホケキョ！」と鳴きました。ガビチョウが歌を継ぎます。

「あの人はリス君とも話をしたがっていた。だから、あのときのあの人の言葉をぼくの歌で伝えるね。あの人は森のなかを歩いていて、どんぐりの散らばり方を面白いと思ったんだ。一つ一つのどんぐりはどんなふうに落ちて転がっていくのかわからない。でも、上から見ると、まるでだれかがデザインしたかのように丸い輪を描いて散らばっている。一つ一つはとても不確かだけれど、全体としてはなにかの力が働いて、確かなものになる。そこであの人は、確率の不可思議さについて考えるようになったんだ」

「なんだい、確率って？」

リスに問われ、ガビちゃんは「んぐっ」と息を詰まらせました。

「ぼくもよくわからないんだ。らぷらす、という人が、不確かさと確かさの間にあるものについて哲学的に考えたらしいよ。でも、あの人は目の前に現れたリス君を見て、確率の不可思議さよりももっと素敵なことを書こうと考えたらしい。なんだと思う、リス君」

うーん、とタイワンリスが難しい表情になりました。ビーズのような目で、陽光が揺れている梢の一点を見つめます。ガビチョウがここぞとばかり歌いあげました。

「それはね、リス君。今、君が生きているということだよ。この森を表現しているとてつもなく大きな力が、リス君を生み出したんだ。それは確実なことだ。すぴのざ、という人が、『確かな意志』と呼んだ力だよ。それなのにリス君は人間たちから、この森に来てはいけない生き物だと決めつけられ、ワナで捕まえられようとしている」

あっ、とガビチョウはあわてて歌を止めました。

タイワンリスは友達です。自分に会いにきてくれたのです。そんな不吉なことを歌うべきではなかったのです。

それに、「ここに来てはいけない」という意味では、ガビチョウもその仲間でした。中国から愛玩鳥として輸入されたものの、鳴き声の大きさから持て余され、捨てられ、野生化してしまったのです。

「ガビちゃんだって同じじゃないか」

ああ、やっぱりウグイスの青年に突っこまれてしまいました。

「どんなに美しい歌を聞かせても、外からやってきたというだけで、ガビちゃんはこの森の仲間には入れてもらえない。ひょっとしたら人間たちが君を捕まえようとするときが来るかもしれない。ぼくはそれを思うと怖いんだよ」

「ガビちゃんも大変だね。ぼくは平気だから、あんまり気をつかわなくていいよ」

タイワンリスが尻尾をゆさゆさ振りました。ガビチョウはそのけなげさに翼の付け根がぎゅっと押しつぶされるような気分になりました。それでまた、わざと明るく歌ったのです。

「物語が本になることを、あの人は心の底から喜んでいるようだった。だから今日は今まで以上にいろいろな話をしてくれた。あの人は本当に、アマゾンの深い森やガラパゴスの島々を旅したことがあるそうだ。ウミイグアナが鼻の穴から霧を噴きあげるところや、見えない大きな世界とつながっているように感じられたコンドルの瞳などは、あの人が目で見た光景をそのまま書いたんだって」

ウグイスが「ケキョケキョケョ（怖い鳥の名前を出すな）！」と怒りました。

「あ、ごめんよ。でも、ここからが秘密のご開帳だ。あの人は、南米の動物たちの物語を東洋の古い哲学で支えたそうだ」

タイワンリスがぐっと身を乗り出してきました。

「東洋って言った？　ぼくのふるさと、台湾だよ」

「うん、そうだね。台湾もどこも、平和な時代が続くといいね。あの人は、ウミイグアナの長老にこう言わせた」

ガビチョウは声色を変えて歌いました。

「無敵とは、敵がいないということじゃ。つまり、争わない。憎しみを生み出さないということじゃよ」

「難しそうだな、人間には。ケキョ」

ウグイスの青年がそうつぶやきましたが、ガビチョウは歌を続けました。

「あの人が言っていた。ウミイグアナの長老のこの言葉は、二千四百年前に世捨て人として生きていた老子というおじさんの『それただ争わず、ゆえに天下、よくこれと争うことなし』（彼は争わないから、天下に彼と争う者もいない）という言葉へのオマージュなんだって。ビクーニャに語るコンドルのセリフ、『どちらというものはない。どちらもあるのだ』も、ずいぶんと古い哲学からきているんだって」

ウグイスが「ケキョケキョケキョ（だから、コンドルって言うな）！」と、翼をばたばた動かして怒りました。

「あの人はこう言っていた。これは、三蔵法師というえらいお坊さんがインドから伝えたお経、『般若心経』から導き出した言葉なんだって。この世の真理を知らないがための苦は、大いなる智恵を得ればなくなる。しかし、だからといって苦が尽きるということもない」

タイワンリスが首を傾げ、クエスチョンマークのように尻尾を丸めました。

「あれ、リス君、難しかった？」

ガビチョウが問うた瞬間、タイワンリスは枝の上でポンと跳ねあがり、「またね」と樹上へ駆けていきました。「あーあ」とウグイスがため息をつきました。

「ああ、ごめんよ。言葉を伝えるのは難しいものだね。でも、せっかくだから、あの人が今日語ってくれたことを続けて歌うよ。あの人が書いていて苦しくなったのは、コウテイペンギンの厳しい子育てなんだって。ギーギの言葉にこうあった。『その苦しみをもって、僕らが生き抜いたことを実感するためだ。苦しみにも意味があるんだよ』という部分。あれは、人間が人間を破壊するために作った特別な場所に押しこめられた、ふらんくる、という人が書いた本で唱えられていたことなんだって。苦しみを受け入れたからこそ、だれもが真似できないただ一つの人生を得る。氷点下六十度で暴風に耐えながら、なにも食べずに卵を抱き続けるコウテイペンギンのパパたちは、だからこそ皇帝になれるんだって」

ガビチョウはここで息をつきました。こんなふうに歌っても、もうウグイスの青年には伝わらないかもしれないと思ったのです。

だけど、ここでやめてはいけない。あと一つだけあの人の言葉を歌おうと思いました。

「あの人はこう言っていた。宇宙が私を生んだのは、たぶん私が必要だったからだ。私に宇宙を見て欲しかったからだ。見てくれる者が一人もいなければ、宇宙はきっと寂しい。カピバラの物語で、ボルボレータさんがおじさんにこう言うだろう。『あなたはどんな小さな命のささやきにも耳を傾け、話を聞いてあげていた。この星が発するあらゆる声を、あなたは全身で受け止めていた。微小なもののなかにすべてがあるの。あなたこそが、このアマゾン河でもっとも大きな存在なのよ』って。まさにあの主張こそが、あの人が信じて止まない宇宙と生き物の関係、つまり『間柄』なんだって。ここにすべてのつながりがあるんだよ」

ウグイスがあくびをしながら、「ホーホケキョ」と鳴きました。

「ガビちゃん、そろそろこのへんにしておこうか」

「ごめんよ。あの人があまりにうれしそうだったから、ついつい歌が長くなってしまった」

「あの人、どうして動物と哲学に夢中になったんだろうね？」

「ああ、それなら聞いたことがあるよ」

ガビチョウがそこで、柔らかく歌いました。

「あの人、子どもの頃から、人間社会が苦手だったんだ。だから、動物たちに語りかけようとした。哲学に惹きつけられたのも、目の前のことだけで忙しくしている人間社会への反発だって」

そう歌ったあとで、ガビチョウは自分とどこか似ているなと思いました。いつもだれかとおしゃべりをしているのは、心のなかに足りないものがあるからだと自分でわかっていました。寂しさの分だけ、高らかに言葉を歌い上げるのです。こみあげてくるものは歌で堪えます。だから、ガビチョウの目のまわりの縁取りは涙にそっくりなのです。

ドリアン助川

どりあん・すけがわ

明治学院大学国際学部教授。一九六二年、東京生まれ。早稲田大学第一文学部哲学科卒業。小説『あん』（ポプラ文庫）は英語、ドイツ語、イタリア語など二二言語に翻訳され、フランスでは「DOMITYS文学賞」「読者による文庫本大賞」など四冠に輝く。『線量計と奥の細道』（幻戯書房・集英社文庫、日本エッセイスト・クラブ賞受賞）、『新宿の猫』（ポプラ文庫）、『水辺のブッダ』（小学館）、『寂しさから290円儲ける方法』（産業情報センター）など著書多数。いっしょに暮らしてきた友達は、イヌ、ネコ、キュウカンチョウ、ハト、インコ、フェレット、シマリス、ハムスター、カメ、イモリ、トノサマガエル、カニ、クワガタムシ、アゲハチョウ、ドジョウなど。バンド「叫ぶ詩人の会」のヴォーカリストとして「イグアナ」「ゾウガメ」といった楽曲も歌っている。

本書は、雑誌『青春と読書』二〇二二年四月号～二〇二三年一一月号の連載「動物哲学童話」に加筆・修正をし、第二一話を書き下ろしたものです。

動物哲学物語《どうぶつてつがくものがたり》 確《たし》かなリスの不確《ふたし》かさ

二〇二三年一〇月三一日　第一刷発行

著者　ドリアン助川《すけがわ》

発行者　岩瀬　朗

発行所　株式会社 集英社インターナショナル
〒一〇一－〇〇六四 東京都千代田区神田猿楽町一－五－一八
電話〇三－五二一一－二六三二

発売所　株式会社 集英社
〒一〇一－八〇五〇 東京都千代田区一ッ橋二－五－一〇
電話〇三－三二三〇－六〇八〇（読者係）
〇三－三二三〇－六三九三（販売部）書店専用

印刷所　大日本印刷株式会社

製本所　ナショナル製本協同組合

装丁　吉村 亮＋石井志歩（Yoshi-des.）

絵　溝上幾久子

ISBN978-4-7976-7437-8 C0093